전경희권사 간증

내가 만난 예수님

전경희권사 간증

내가 만난 예수님

2022년 3월 15일 제 1판 인쇄 발행

지 은 이 ㅣ 전경희
펴 낸 이 ㅣ 박종래
펴 낸 곳 ㅣ 도서출판 명성서림

등록번호 ㅣ 301-2014-013
주   소 ㅣ 04552 서울시 중구 삼일대로8길 17 3~4층(충무로 2가)
대표전화 ㅣ 02)2277-2800
팩   스 ㅣ 02)2277-8945
이 메 일 ㅣ ms8944@chol.com

값 10,000원
ISBN 979-11-92075-42-6

※ 잘못 만들어진 책은 바꿔드립니다.
  이 책 내용의 일부 또는 전부를 재사용하려면
  반드시 저작권자의 동의를 얻어야 합니다.

전경희권사 간증

내가 만난 예수님

도서
출판 명성서림

주님을 많이 만나는 특권을 축하드립니다

권창근 (부산 삼일교회 담임목사)

책을 펴내신 분이 추천사를 요구한 적은 가끔 있어도 '축하의 글'을 요청받기는 처음입니다. 축사가 아니라 추천사가 아니냐고 확인했더니 축사가 맞다고 합니다. 왜 축사를 원하실까? 궁금한 마음으로 원고를 읽었습니다. 추천사가 아닌 축사여야 하는 이유를 알게 되었습니다.

예수를 처음 만난 그 때부터 매일 예수님을 생생하게 만나고 있고 지금도 예수님과의 만남이 현재 진행형이니 추천받아야 할 것이 아니라 축하받아야 할 일 임에 틀림이 없습니다. 예수를 믿는다는 것은 나의 영원을 책임지시는 예수에게 내 운명을 맡기는 것입니다. 그렇다면 예수와 만나서 대화하고 도움을 받는 것이 마땅한 일입니다. 예수님이 주시는 행복을 매일 누리는 것이 당연하지 않겠습니까? 그렇지만 평생토록 내가 만난 예수님, 내가 만나고 있는 예수님을 한 마디도 간증할 수 없는 사람들이 얼마나 많은지 모릅니다. 예수를 믿지만 그 예수를 만나지 못하고 살기 때문입니다. 믿어도 만나지 못하는 예수를 매일 만나고 사는 것은 특권 중에 특권일 것입니다. 이런 특권을 누리고 있다면 정말이지 축하해야 하지 않을까요?

글을 읽으면서 자주 만나는 문장이 있었습니다. "하나님의 일에는 공짜가 없습니다." "지금도 생각하면 마음이 행복해집니다." "지금도 그 때를 생각하면 가슴이 벅차기만 합니다."

주를 위하여 이름 없이 빛도 없이 섬겼을 뿐인데 하나님은 복을 내려주시고, 행복을 가슴에 듬뿍 채워주시고, 벅찬 가슴을 주시는 이야기를 읽으면서 '아멘!'이 연발하고 나의 마음도 따뜻해졌습니다.

전경희 권사님이 『내가 만난 예수님』이란 책을 발간한 것을 축하드립니다. 책을 낸 것은 축하받아야 할 일임에 틀림이 없습니다. 하지만 더욱 더 축하드리고 싶은 것은 책을 낸 것이 아닙니다. 예수님을 너무나 많이 만나고 사는 것을 축하드립니다. 참 행복한 만남을 많이 가지고 사는 것을 뜨겁게 축하드립니다.

아니 축하를 넘어서 부러운 마음이 더 많아졌습니다.

사랑하는 어머니 축하드립니다

배상익 목사 (부산 남산은혜교회)

사랑하는 어머니의 오랜 신앙생활의 결과로 아름다운 간증집이 나오게 된 것을 먼저 하나님께 감사드리고 영광 올려드립니다.

저희 가정은 제가 초등학교 6학생 시절 참 어려운 시기에 다 함께 하나님을 만나 삶의 전환을 이루었습니다.

제가 가정을 꾸리고 목회를 하고 건강하게 지금까지 살아온 모든 것들이 하나님의 은혜입니다. 그러나 그전에 어머니의 저를 향한 오랜 기도가 그 밑바탕이 되었다는 사실을 저는 확신합니다.

하나님께서 오랜 시간 어머니를 지켜주시고 기도하게 하시며 신앙의 체험을 깊이 있게 하게 하시고 그 결과 이렇게 살아계신 하나님을 증거 하는 간증집을 내게 하신 것 참 크신 은혜이며 놀라운 일이라고 믿습니다.

부디 이 간증집을 읽는 많은 분들께서 살아계신 하나님을 만나는 소중한 경험들 하시길 간절히 바랍니다.

전경희 권사님! 큰 아들 상익이가 많이 사랑해요.

내가 만난 예수님

　나의 나 됨은 내가 아니요. 모두가 하나님의 은혜임을 고백합니다.

　저는 지금 칠순이 지난 나이로 예수님을 믿은 햇수는 33년이 됩니다. 그동안 저의 삶 속에서 함께하신 하나님께 감사드립니다. 저의 아버지는 6·25 동란 때 안강전투에 참여하셔서 어깨에 부상을 입으시고 소속 부대에서 유일하게 홀로 살아오신 분이셨는데 제가 1학년 입학하려던 2월 어느 추운 날 서른 살이신 어머니와 4남매를 남겨 둔 채로 36세에 세상을 떠나셨습니다.

　저는 미망인이 되어 4남매를 홀로 키우신 어머니 밑에서 큰 딸로 자랐습니다. 어느 누구에게도 손가락질 받지 않겠다는 생각으로 규칙적이고 늘 옳고 그름을 따지며 평가하고 옆을 돌아보지 않는 딱딱한 사람으로 살게 되었습니다. 유년기 때에는 거창교회를 섬기시며 철야 기도와 새벽 기도를 빠짐없이 하시는 할머니를 따라 다녔고 초등학교 시절은 동생들과 집 가까운 곳을 다녔는데 중·고등학교, 교육대학 그리고 결혼을 하고 나서도 세상의 삶에 푹 빠져서 친구들이 교회에 가자고 하면 고개를 절레절레 저으며 예수님과 멀어졌습니다. 심지어는 후배들이 교회에 간다고 모임을 빠지면 호되게 나무라기까지 하며 핍박도 서슴지 않았습니다. 그렇게 살던 중 제 삶에 위기가 찾아오자 오래 참으시며 기다리시던 주님의 음성을 다시 듣게 되었고 오늘에 이르게 되었습니다.

　하나님께서는 얼어붙어 있던 제 마음을 눈물로 녹여 주시고 샘솟는 기쁨도 주셨습니다. 마른 막대기 같은 저에게 사랑을 가르쳐 주셨습니다. 저의 달라진 모습에 사람들은 웃기도 하고 고개를 갸웃거리기도 하였습니다. 제 삶 속에서 예수님은 언제나 함께 하셨습니다.

　이렇게 간증을 하게 된 것도 한량없는 예수님의 은혜입니다. 어릴 적부터 문인(文人)이 되어서 세상에 나를 나타내리라던 꿈을 포기했는데 예수님께서는 이렇게 세상의 어떤 것들과도 비교할 수 없는 간증을 쓰게 해 주셨습니다. 간증을 쓰게 된 것은 저를 자랑하려는 것이 아닙니다. 우리들에게 천국의 소망을 주시고 복 된 삶으로 인도 하시는 제가 만난 예수님을 전하기 위해서입니다. 그리고 아들, 며느리, 손녀들에게 믿음의 거울이 되기 위한 것입니다.

　우리들 누구에게나 자신의 삶을 되돌아보는 시간이 있을 것입니다. 감사, 후회, 기쁨 등 다양한 것들이 떠오를 것입니다. 저는 이 간증문을 통하여 예수님께서 저의 삶 속에서 어떻게 동행하셨느냐를 전함으로써 사랑하는 모든 분들이 살아계신 예수님을 나의 구주로 영접하기를 소원합니다.

제 1 부

제 **4**부

제 **5**부

제 1 부

선물로 주신 믿음

주봉남이라는 성함을 쓰시는 할머니는 지금 생각해 보면 믿음이 참 좋으신 분이셨습니다. 거창 냇가 옆에 있는 거창교회를 다니시며 항상 새벽기도와 철야를 하셨는데 이따금씩 저를 데리고 철야를 가시곤 했습니다. 국방색 담요를 가지고 다니시며 차가운 마룻바닥에서 쉬지 않고 기도하셨습니다. 6살 어린 제가 할머니께 쉬가 마려운데 무서워서 화장실에 갈 수 없다고 하면 할머니는 예수 믿는 사람은 무서워하면 안 된다고 하시면서 "나사렛 예수 이름으로 명하노니 악한 마귀 사탄은 물러가라."라고 소리치라고 가르치셨습니다.

이후 중학교부터 결혼을 해서 15년간 교회를 가지 않고 예수 믿는 후배 선생님들이 회식에 참여하지 않고 교회에 간 것을 알았을 때는 어김없이 후배들을 나무라곤 했고 예수 믿는 분들에게 핍박도 서슴치 않았습니다.

그림을 잘 그리셨던 친정아버지의 솜씨를 이어 받은 저는 환경 정리를 조금 할 줄 알았습니다. 사모이신 장선생님은 12월만 되면 크리스마스 성탄 축하 잔치와 교회 행사에 필요한 것들을 만들어 달라고 하시면서 예수 믿으라고 늘 말씀 하셨는데 그럴 때마다 "아니오. 안 믿습니다."라고 단호하게 말을 하곤 했습니다. 이후에 사모님은 제가 꼭 예수 믿게 될 것이라고 생각하셨다고 하셨습니다.

어떤 남선생님은 여러 선생님들과 학부모님들에게는 쉽게 복음을 전할 수 있었는데 저에게 만은 입이 떨어지지 않았다고 하시면서 이후에 제가 예수 믿게 되었다는 소식을 듣고 정말 믿기지가 않았다고 하시며 저 때문에 정말 은혜를 많이 받았다고 하셨습니다.

저와 같은 학교에 근무하며 나이도 동갑인 박선생님이 계셨습니다. 아이들의 나이도 같아 마음이 잘 맞았고 동학년도 하였습니다. 박선생님과 저는 초파일이면 세 절 밟기도 하며 등도 달고 기왓장에 식구들 이름도 써 넣으며 우리는 절에 심취해 있었습니다. 108배도 거뜬히 해냈던 저는 절에 가서 잠도 자고 새벽 예불에 참여도 하였습니다. 남편은 절에 가면 무섭다고 했지만 저는 입구에서부터 절을 하면서 열심히 천수경도 외우곤 했습니다.

어느 날 박 선생님이 가족 수대로 작은 불상을 만들자고 했습니다. 평소 같으면 무조건 그러자고 했을 것인데 '아니야 나는 예수님을 믿어야 해. 불상을 만들 수는 없어' 이상하게도 제 마음에 갑자기 이런 생각이 들어서 불상을 만들 수가 없었습니다. 그 이후로 십자가만 보면 가슴이 덜컹하면서 '교회에 가야 하는데' 하는 생각이 들었습니다. 남편에게 교회를 다니고 싶다고 하니 자기는 장남이고 철저한 유교 집 안에서 제사를 지내야 하기 때문에 안 된다고 했습니다. 그래도 계속 마음 한 곳에서는 '교회에 가야하는데?'라는 생각을 하게 되었습니다.

큰아들이 팔을 부러뜨리고 깁스를 하게 되었는데 아이의 깁스 한 팔에 마음을 쓰던 어느 날 갑자기 주위의 사물이 흔들려 보였습니다. 마음의 병이라고 진단을 받은 그때부터 저의 하루는 너무나도 힘들었습니다. 혹시 교회에 다니면 병이 낫지 않을까 싶어서 "교회에 가야겠다."라고 남편에게 다시 말을 하니 안 된다고 했고 조상의 제사를 목숨처럼 지키시는 시아버지도 분명히 반대 하실 것이 뻔했기에 포기하고 말았습니다.

그런 제게 하나님께서는 언제나 함께 하셨다는 걸 깨닫게 되는 일이 생겼습니다. 교회의 사찰로 섬기던 시동생과 동서가 아들을 잃고 마음 둘 곳이 없어서 왔을 때 제가 "동서! 하나님께서 동서와 아기가 너무 힘드니까 아기를 더 살기 좋은 천국으로 데리고 가신 것 일거야. 힘내!"라고 말을 할 수 있었던 것은 지금 생각해 보면 모두 하나님께서 저를 택하시고 기다리고 계셨던 것이라고 생각합니다.

끊임없이 저에게 전도를 하는 사람이 있었는데 바로 성희동생과 제부였습니다. 저는 그런 제부와 여동생에게 "교회에 미쳤다."고 말을 하였습니다. 하나님의 부르심을 받고 제부와 동생이 섬기는 교회에 출석하니 교회의 형제자매들이 "동생 부부가 일주일을 하나님께 매달려서 기도하더니 언니 가족들을 교회에 오게 하기 위한 것이었네요."라고 말씀하셨습니다.

모든 것이 하나님의 은혜라고 생각됩니다. 어릴 때 할머니 따라서 예수님이 누구신지도 모르면서 다녔는데 그것도 하나님께서 잊지 않으시고 하나님을 떠나 있던 저를 불러 주셨습니다.

저는 예수님을 떠나 살았어도 예수님께서는 저를 떠나지 않으셨습니다. 집을 떠난 탕자가 돌아오기를 기다리고 계셨던 것입니다.

생명을 구원해 주신 주님을 찬양합니다.

♥ 그러나 너희는 택하신 족속이요 왕같은 제사장들이요 거룩한 나라요 그의
소유가 된 백성이니   – (베드로전서 2장9절)

변화 받은 우리 가족

　저는 어릴 때 4남매 홀어머니 밑에서 맏이로 자랐기 때문에 언제나 마음을 꼿꼿하게 하고 혹시나 아버지가 없는 아이라고 남에게 욕을 먹으면 어떻게 하나? 라는 마음으로 생활했습니다. 규칙적인 생활은 저의 철칙이었습니다.　동생들에게도 엄격하게 대했습니다. 학창 시절에는 중등부터 고등학교까지 규율부도 하였습니다.

　남편은 육남매 맏이로 가난했지만 농사를 짓는 양친부모 밑에서 따스하게 자란 사람이었습니다. 결혼을 하여 함께 살아가노라니 생활에서 모든 것이 맞지 않았습니다. 저는 언제나 주위 환경을 철저하게 정리정돈하며 결백증이 있을 정도로 깔끔하게 살았는데 남편은 정리정돈은 커녕 '사람이 어지르고 살 수도 있지'라고 생각하는 느긋한 성격의 사람이었습니다. 먹는 것, 입는 것, 듣는 것 등 모두 맞지 않았습니다. 책 읽기와 클래식 음악을 좋아했던 저와 다르게 남편은 신문 읽는 게 전부였고 클래식을 몹시도 싫어했습니다.

　우리는 이렇게 취미도 생각도 다른 부부였지만 아들이 둘 있어서 그냥 그렇게 세월을 보내며 살고 있었습니다.

　그런데 예수님을 믿은 뒤부터 우리 가정은 변화하기 시작했습니다. 찬송가를 함께 부르게 되었고 목사님의 설교말씀을 함께 듣게 되었고 주일에도 함께 교회에 가게 되었습니다. 교회에서 만난 친구들도 우리 부부의 모든 지인관계의 연결고리가 되었습니다. 같은 주제로 이야기를 하니 싸울 일이나 속상해할 일들이 점점 없어지고 말도 부드러워지고 생각도 같은 생각을 하게 되었습니다. 휴일이면 아이들을 데리고 여행을 다니면서 다툼도 많이 했었는데 어느새 함께 교회로 향하게 되었습니다. 자녀들도 기도하며 하나님 말씀으로 키우게 되었습니다. 매일 새벽기도를 다녀온 후에 남편과 아이들을 깨워 가정예배를 드린 후 각자의 하루 일과를 시작하였고 적으나마 가정예배 헌금으로 하나님의 선한 사업에 쓰임도 받게 되었습니다.

우리 가정은 이렇게 예수를 믿고 변화하게 되었습니다. 이 모든 것이 다 하나님의 한없는 은혜입니다.

♥ 그런즉 누구든지 그리스도 안에 있으면 새로운 피조물이라 이전 것은 지나 갔으니 보라 새 것이 되었도다   – (고린도후서 5장 17절)

미신에서 자유

저는 젊은 시절에 유달리 미신을 좋아했습니다. 큰 아들 이름도 아주 이름 난 철학가에게 지었고 작은 아들 이름도 잘한다는 철학관에 가서 지었습니다. 작은 아들 이름을 지을 때 철학관에서 상익이 이름이 좋지 않으니 바꾸라고 해서 그때 큰 돈 주고 바꾸었는데 구름 운자에 용용자로 그때 생각으로는 대단한 이름이었습니다. 상익이 베개와 장롱 속에 든 부적은 아무도 모르는 저만 아는 비밀이었습니다.

교회를 두세 번 출석하고 난 어느 날 초등학교 6학년이었던 상익이가 밤에 무서운 꿈도 꾸고 잠을 잘 수가 없다고 해서 제부에게 말하니 혹시 부적 같은 것 없냐고 물었습니다. 저는 깜짝 놀라서 상익이 베개 속과 장롱 속에 있다고 하니 제부가 곧바로 와서 부적을 불에 태웠습니다. 그날 밤부터 참으로 신기하게도 상익이가 잠이 잘 온다고 했습니다. 제부가 부적을 불사르는 순간부터 잠을 잘 자는 상익이를 볼 때 처음으로 영적인 세계가 있음을 알게 되었습니다.

예수님을 영접하고 저의 삶은 완전히 변했습니다. 예수님을 믿고 "진리 안에서 자유를 찾아라"라는 말씀이 저에게 강력하게 다가왔습니다. 예수님을 믿기 전에는 설거지 할 때 그릇이 깨지면 하루 종일 안 좋은 일이 생기면 어쩌나 하고 전전긍긍 하며 걱정을 했었는데 예수님의 은혜로 깨진 그릇을 던지면서 "수명이 다 했네."라고 말하며 평안하게 살게 되었습니다.

새로 지은 큰아이 이름도 원래의 이름 "배상익"이라고 불렀습니다.

예수님을 믿고 얼마 되지 않았을 때 교감선생님께서 금정산에 교직원 등반 갈 때 돼지 머리를 가져다 놓고 한해의 무사를 위해 모두 제사하고 절하자고 말씀하셨습니다. 그때 저는 예수님을 믿은 지 얼마 되지 않았고 나이도 어렸지만 교감선생님께 예수 믿는 사람이기 때문에 하나님의 십계명 중 제1계명을 어길 수 없기 때문에 돼지 머리에게 제사도 절할 수도 없다고 말했습니다. 교감선생님은 기가 막힌다는 표정을 지으시며 저를 바라보셨습니다. 하나님의 은혜로 우리는 금정산 등반은 갔지만 제사하는 것도 없애 버리고 돼지 머리에 절하는 것도 하지 않았습니다. 교감선생님께 용기있게 말할 수 있었던 것도 모두 하나님의은혜라고 생각합니다.

주님! 너무도 감사합니다. 우리는 삶의 많은 순간에서 배교를 할 수 있지만 언제나 함께 하시고 지켜주시는 하나님이 계셨기에 승리 할 수 있었습니다.

♥ 진리를 알지니 진리가 너희를 자유롭게 하리라   — (요한복음 8장 32절)

눈물과 기쁨으로 찾아오신 예수님

저는 어릴 때부터 남에게 손가락질을 받지 않기 위해 철저하게 자기 관리를 하며 언제나 딱딱하고 질서정연하게 살았습니다. 선생님들이 차를 마시자고 해도 가지 않았고 언제나 제 할 일에 충실한 그런 제게 무섭기로 소문 난 교장선생님께서 마른막대기와 군인이라고 별명을 붙여 주셨습니다.

1학년 입학을 앞두고 아버지께서 이름 쓰는 것을 가르쳐 주셨는데 다 배우기도 전에 갑자기 아버지께서 사고로 우리들 곁을 떠나셨습니다. 어릴 때 겪은 상실감으로 인해 언제나 마음 한구석에는 아버지에 대한 그리움과 아버지가 있는 친구들에 대한 부러움이 있었습니다. 저도 한 번 '아버지' 하고 불러 보고 싶었습니다. 길거리 간판에 '전ㅇㅇ'라고 쓰여 있으면 "저의 아버지가 되어 주세요."라고 말하고 싶었습니다. 어머니는 남겨진 가족들의 생계를 위해서 열심히 일만 하셨기 때문에 서로 스킨십을 하거나 따스한 대화를 나눌 시간이 거의 없었습니다. 중학교 입학시험에 합격했을 때 어머니께서 기뻐하시며 저의 손을 잡으셨는데 저는 너무 어색하고 형언하기 힘든 마음이 들었습니다. 심지어는 첫 생리가 시작 되었을 때 어머니께는 말도 못하고 우리 집에 세 들어 사시는 아주머니에게 말씀을 드릴 정도로 어머니와는 교감이 없었습니다.

남에게 조그마한 말을 들으면 저는 밤에 잠을 자지 않고 그 생각에 사로 잡혀서 전전긍긍하며 열심히 가지치기를 했습니다. 이렇게 사랑과 이해가 없는 저는 언제나 원리원칙만 따지고 남을 이해하지 못하고 자신 만의 생각을 우선시 하여서 타인과의 관계도 원만하지 못하게 되었습니다. 실수를 용서하지 못했고 모든 일을 규칙적으로, 계획적으로 해야 직성이 풀리는 그런 성격이 되고 말았습니다. 그리고 결벽증이 있어서 병문안을 갈 때도 균이 옮을까 전전긍긍했으며 아이들의 장난감도 철저히 소독했습니다. 휴일 아침이면 꼭두 새벽부터 가족 모두를 깨우고 대청소를 하였습니다. 식당에 가서도 아무 음식이나 먹지 않았고 지독히 가려 먹었습니다.

교회를 다니기 시작하면서부터 아직 예수님이 어떤 분이신지도 잘 모르던 저에게 변화가 일어나기 시작했습니다.

속상한 일, 신경 쓸 일도 없었는데 시도 때도 없이 눈물이 나기 시작했습니다. 마치 잠그지 않은 수도꼭지처럼 저의 눈에서는 눈물이 자꾸만 흘렀습니다. 그렇게 오랫동안 매일 울었습니다. 마음 속 깊은 곳에 응어리졌던 지난날의 힘든 모든 일들을 하나님께서 눈물로 씻어 주시고 풀어 주신 것이었습니다. 그런 어느 날 갑자기 눈물이 싹 가시면서 웃음의 의미를 모르고 딱딱하게만 지냈던 저의 입가엔 웃음꽃이 피어나기 시작했습니다. 누가 저에게 칭찬을 해 준 것도 아니고 좋은 일이 생긴 것도 아닌데 이유 없는 웃음이 한동안 저를 행복하게 해 주었습니다. 주위 사람들이 왜 웃느냐고 물을 때마다 "그냥 웃음이 나와요."라고 말했습니다.

　오랫동안 그렇게 하나님께서는 저에게 눈물과 웃음을 선물하셨습니다. 선생님들께서 "전 선생님은 남편이 잘해 주셔서 그렇게 웃고 다니는 가 봅니다."라고 했을 때 저는 서슴지 않고 "예수님 믿으면 웃음이 저절로 납니다."라고 말을 했습니다.
　이렇게 하나님께서는 저를 짓눌렀던 어릴 때의 모든 힘들고 어려웠던 일들을 눈물과 웃음으로 치유해 주셨습니다. 여호와 라파! 이신 사랑의 하나님을 찬양합니다. 그리고 사랑합니다.

♥ 수고하고 무거운 짐 진 자들아 다 내게로 오라 내가 너희를 쉬게 하리라
- (마태복음 11장 28절)

먹는 행복

저는 밥 한 그릇으로 하루를 먹는 아주 소식가이며 음식을 가려서 먹는 까다로운 입을 가지고 있었습니다. 생선이나 육고기가 식탁에 올라오면 슬그머니 그것을 식탁 밑으로 내려놓고 제가 좋아하는 음식만 먹었기에 저를 위해 따로 음식을 만들어야 해서 바쁘신 어머니를 많이 힘들게 했습니다. 시아버지께서 밥을 먹고 있는 저를 가만히 보시고는 음식 먹는 것을 배우라고 말씀하셨습니다. 또 시아버지를 모시고 있던 바로 아래 동서도 힘들게 했습니다. 동서는 마음이 착하고 어여쁜 사람이어서 언제나 저를 위해서 음식을 따로 장만했습니다. 동학년 선생님들께서도 저의 까다로움 때문에 회식을 할 때마다 무엇을 먹으러 가야 할지 의견이 분분했습니다. 저는 그때 제가 얼마나 다른 사람에게 부담을 주고 있는지 몰랐습니다. 이후에 예수님을 믿고 나서 생각해 보니 정말 미안하고 송구스럽기 그지없었습니다.

예수님을 믿고 나니 음식에 대한 생각들이 확 변하고 말았습니다. 이것저것 너무나 잘 먹는 저를 보며 동학년 선생님들께서는 신기해하셨고 물끄러미 바라보며 슬금슬금 웃기도 하셨습니다. 제 스스로 생각해도 참 신기하기만 했습니다. 그렇게 까다롭게 음식을 가려 먹던 제가 무엇이든지 잘 먹을 수 있게 된 것은 절대로 저의 노력이 아닌 예수님께서 저에게 베풀어 주신

전적인 은혜입니다. 키는 162센티미터인데 몸무게는 41 킬로
그램이 된 적도 있을 정도로 무척 야위었습니다. 제가 병원에
입원해 있을 때 동학년 선생님들께서 병문안을 와서 "침대에
딱 붙어 있는 몸을 보니 전선생님 인 것을 알았소."라고 할 정
도로 저는 몸이 야위었습니다. 그런 제가 처음으로 몸무게가
8킬로그램 이상 더 나가게 되었습니다.

　하나님께서는 이렇게 음식을 가려 먹는 것을 고쳐 주셔서 저도
행복했고 주위 분들에게도 폐를 끼치지 않게 되어 그저 감사하
기만 할 뿐입니다.

♥ 여호와가 너를 항상 인도하여 메마른 곳에서도 네 영혼을 만족하게 하며
네 뼈를 견고하게 하리니 너는 물 댄 동산 같겠고 물이 끊어지지 아니하는
샘 같을 것이라 　　　　　　　　　　　　　　　　　　　－ (사사기 58장 11절)

복음을 위해 앞으로

아이들을 하교 시키고 홀로 걷고 있을 때 하나님께서 갑자기 말씀으로 찾아오셨습니다. 예수님을 믿은 지 얼마 되지 않아 말씀도 잘 알지 못하는 저에게 하나님께서는 "죽도록 충성하라 그리하면 내가 네게 생명의 면류관을 주리라"요한계시록에 있는 말씀을 주셨습니다. 예수님께서 저를 복음을 전하는 사람으로 쓰시겠다는 말씀을 하신 것이었습니다. 믿음의 초보단계인 보잘 것 없는 저에게 주신 사명에 저는 감사하기만 했습니다.

전근을 가는 학교마다 새소식반을 열어서 반 아이들에게 복음을 전했고 여름성경학교도 데리고 가게 되었습니다. 주일예배도 드렸습니다. 그리고 신우회도 조직하여 믿음의 선생님들과 기도하며 학교 복음화를 위해서 힘쓰게 되었습니다. 전국교육자선교회 부산지방회 모임에도 열심히 참여해서 하나님의 사람으로 다져졌습니다. 북부 여러 학교에 믿음의 선생님들을 모아 북부지역회도 만들게 되었습니다. 많은 학교에 방문도 하며 다음 세대를 위해서 선생님들과 함께 기도했습니다. 그리고 선교사 파송에도 앞장서게 되었고 선교지에 교회도 세우고 하나님의 나라를 위해서 열심을 다하는 사람이 되게 하셨습니다.

함께 섬기는 단체의 회원들이 저보고 말을 할 줄 하는 사람이냐고 물었을 정도로 남 앞에 나서기를 꺼려했던 저를 길거리, 지하철, 시장통 어디서든지 복음을 전하는 사람이 되게 하셨습니다. 하나님께 쓰임 받게 하심 너무 감사합니다. 칠십을 넘어서고 있지만 천국 가는 그 날까지 복음의 통로로 쓰임 받기를 간절히 기도하고 있습니다.

♥ 네가 죽도록 충성하라 그리하면 내가 생명의 면류관을 네게 주리라

— (요한계시록 2장 10절)

새벽기도의 날개

예수님을 잘 믿는 몇 년 선배님이시고 한 동네에서 살던 김 선생님과 함께 근무하게 되었습니다. 예수님을 믿고 얼마 되지 않은 저에게 김 선생님이 "우리 새벽기도 다닙시다."라고 말씀하셨습니다.

6살쯤에 집안 형편이 어려워서 거창에 계시는 할아버지 댁에서 지냈을 때 아무것도 모르고 그냥 할머니를 따라서 새벽기도를 다녔던 그 추억은 세월이 지나고 제가 예수님을 떠나 살 때도 잊히지 않았습니다. 그런 추억이 있었기에 김 선생님께서 새벽기도 가자는 말씀에 즉시 "예!"라고 대답했습니다.

그 때부터 지금까지 33년간 빠짐없이 새벽제단을 쌓게 되었습니다. 김 선생님의 아들과 저의 큰 아들 모두 주님이 종이 되었습니다.

아들 배목사를 위해서도 아무리 힘들고 바쁜 일이 있어도 부모된 자로서 기도를 쉴 수가 없었습니다.

힘들고 어려운 건강과의 싸움에서도 하나님께서는 기도의 줄을 놓지 않게 하셨습니다. 오히려 더 많은 중보기도를 하게 하셨습니다.

새벽기도를 통하여 예수님께서 저에게 주신 은혜는 헤아릴 수 없을 정도로 많습니다. 그러기에 학교생활과 가정생활이 아무리 바쁘고 몸이 피곤해도 언제나 즐거운 마음으로 새벽기도를 빠짐없이 드렸습니다.

강서구 학교에 근무할 때 멀고 힘들어서 '왜? 나만 새벽에 기도를 가야하나? 남편은 뭐하나?'라고 불평을 하며 새벽기도를 드렸는데 하나님께서 목사님 첫 메시지로 "집안에서 한 사람이 깨어서 기도하여야 한다면 그 사람이 바로 자신이라고 생각해라."라는 말씀을 주셨습니다. 그래서 이후부터는 절대로 불평을 하지 않고 지금까지 새벽 4시 30분은 기상 시간이 되었습니다.

새벽기도를 빠짐없이 드릴 수 있는 것은 절대로 저의 힘이 아니라 성령님께서 저에게 주시는 은혜 때문이기에 늘 감사드리며 언제나 하나님께서 기뻐하시고 함께 하심도 알고 있기에 하나님 나라 갈 때까지 새벽제단을 쌓을 것입니다. 새벽마다 하나님께서 주시는 단비는 언제나 저에게 삶의 원동력이 되고 있습니다.

새벽기도를 통해서 저의 믿음이 성숙되고 하나님의 뜻을 깨달아서 더욱 기쁨과 감사로 응답 받기를 기대합니다.

♥ 항상 기도하며 깨어 있으라   - (누가복음 21장 36절)

가정예배로 믿음을

예수 믿은 지 얼마 지나지 않아 새벽기도를 다녀오면 언제나 빠짐없이 가족들을 깨워서 가정예배를 드렸습니다. 믿음의 초보였기에 어떤 방법으로 드려야 되는지도 모른 채 교회에서 내어 준 주보의 순서대로 예배를 드렸습니다.

남편과 초등 6학년 상익이와 초등 3학년 수현이는 한참 잠도 많이 자야 할 나이였지만 감사하게도 못하겠다는 말을 하지 않고 깨우면 곧바로 일어났습니다.

하나님의 은혜로 말씀 한 장씩을 묵상한 후 순서대로 돌아가며 기도를 하고 헌금은 어려운 사람들 돕기에 썼습니다. 가랑비에 옷 젖는 줄도 모른다고 이렇게 가족 모두 가정예배로 믿음을 키워갔습니다.

상익이가 군에 입대해서 첫 편지를 보내 왔을 때 기상나팔 소리에 다른 친구들은 깨기가 힘들어 하지만 자신은 가정예배를 드리기 위해 일찍 일어나는 습관이 몸에 배어서 기상나팔 소리에 힘들지 않고 일어날 수 있어서 감사하다고 했습니다. 아이들이 다 결혼을 하고 난 지금도 남편과 하루를 가정예배로 시작하고 있습니다. 하나님께서 그렇게 해 주시리라 굳게 믿으며 하나님 나라 갈 때까지 가정예배를 드리리라 다짐합니다. "예배의 승리자는 인생의 승리자"이고 "예배는 하나님과 우리의 사랑의 입맞춤"

이라는 말이 가정예배에도 적용이 되는 것이라고 생각합니다. 하나님께서는 언제나 우리들의 예배를 기뻐하시기 때문입니다.

배상익 목사와 배수현 두 아들 가정예배로 키웠으니 꼭 가정예배를 드리는 아들들 가정이 되리라고 굳게 믿고 기도합니다.

♥ 나의 영혼아 잠잠히 하나님만 바라라 무릇 나의 소망이 그로부터 나오는도다 오직 그만이 나의 반석이시오 나의 구원이시요 나의 요새이시니 내가 흔들리지 아니하리로다   - (시편 62편 5, 6절)

손톱에 매니큐어는 이제 그만

　저는 손톱에 매니큐어를 바르는 것을 너무 좋아했습니다. 만삭의 배를 하고도 늘 발랐습니다. 사람들은 갖가지 색깔의 손톱을 보고 손가락도 길어서 너무 예쁘다고 하며 "정말 멋진 손!"이라고 말씀들을 하셨습니다. 저는 그 칭찬에 더 마음을 빼앗겨서 더 열심히 아름다운 색깔로 손톱을 치장했습니다.아기 출산 때 의사선생님이 손톱에 매니큐어를 발랐다고 야단까지 치실 정도로 손톱에 매니큐어 바르기에 온 정성을 다 쏟았습니다. 우상이 따로 없었습니다.

　예수 믿고 얼마 되지 않아 오른 쪽 엄지손가락에 무좀이 생겨서 터서 갈라지고 겨울이면 피도 나오고 쓰리고 몹시 아팠습니다.
　어느 날 예수님을 믿는 선배선생님께서 "손톱에 매니큐어를 바르는 것을 하나님께서 싫어하시는 것 같으니 바르지 않는 게 좋을 것 같다."고 말씀하셨습니다. 제가 너무 손톱 매니큐어에 마음을 뺏기고 있기 때문에 정말 '하나님께서 싫어하시는가 보다'라고 생각하며 그렇게 좋아했던 매니큐어를 그 이후 단 한 번도 바르지 않았습니다.

　손가락무좀은 10년도 넘게 오래도록 좀처럼 낫지를 않고 저를 힘들게 했습니다. 여러 병원도 다녀 보았지만 낫지도 않고 차도도 보이지 않아 겨울이 되면 너무 아파서 참기가 더더욱 힘들었습니다. 그러다가 큰아들이 결혼을 하게 되었을 때 저는 손가락무좀 때문에 더 많은 고민을 하게 되었습니다. 이 손가락으로 어떻게 자부에게 음식을 차려 줄 수 있으며 또 무엇인가를 건네 줄 수 있을까? 걱정근심을 하다가 하나님께 이렇게 기도했습니다.

'하나님! 턱턱 갈라지고 피가 나오는 엄지손가락으로 음식을 주거나 하면 며느리가 싫어하겠지요? 그리고 손자 손녀가 태어나면 옮을까 더욱 걱정 할 것 같습니다. 잘한다는 병원도 다 다녔고 좋다는 약도 다 써 보았지만 소용이 없습니다. 제발 손가락무좀을 좀 고쳐주십시오'

간절히 기도하고 피부과에서 치료를 받는데 신기하게도 그렇게 오랫동안 갖가지 약을 써도 낫지 않던 손가락무좀이 거짓말처럼 깨끗이 나아버렸습니다. 다른 사람들은 옆의 손가락으로 전염이 된다고 했는데 저는 번지지 않았고 끝까지 오른 쪽 엄지손가락 하나만 무좀이 생겨 있었습니다. 그리고 재발이 된다고 했는데 지금까지 완전 깨끗합니다.

여호와 라파! 하나님께서 저의 간절한 소망을 들어 주셔서 완전 치유를 해 주셨습니다.

손톱에 아름다운 매니큐어를 하고 다니는 사람들을 보면 하나님께서 베풀어 주신 은혜를 기억하고 감사하며 속으로 행복한 웃음을 짓습니다.

♥ 내 이름을 경외하는 너희에게는 공의로운 해가 떠올라서 치료하는 광선을
  비추리니 너희가 나가서 외양간에서 나온 송아지 같이 뛰리라
                                                    – (말라기 4장 2절)

찬송으로 승리

어릴 때 거창에서 할머니를 따라서 새벽기도를 다녔던 추억을 간직하며 하루도 빠짐없이 걸어서 10분정도 거리에 있는 교회에 새벽재단을 쌓고 있었습니다. 그 때는 새벽기도 시간이 5시였기에 종일 학교근무하고 집 안 일로 인해 힘은 들었지만 하나님의 은혜로 언제나 새벽제단을 쌓았습니다.

어느 날 새벽기도 가려고 일어났을 때 "불이야!"하는 소리가 들렸습니다. 깜짝 놀라 남편을 깨워서 뛰어 나가 보니 우리 집 옆 골목 안에 있는 집에 불이 나서 연기가 올라오고 불길이 치솟고 있었습니다. 남편은 119에 전화를 하고 동네 사람들과 불을 끄기 위해 물을 퍼서 날랐습니다. 119가 와서 불길은 잡혔지만 안타깝게도 세 들어 살던 집 청년 아들 딸이 목숨을 잃고 말았습니다.

제가 섬기던 교회는 영적인 훈련을 많이 하는 교회였기 때문에 새벽에 길을 갈 때도 전혀 겁내지 않은 담대함이 있었습니다. 저는 언제나 "마귀 사탄! 올 테면 와 봐라. 내가 상대해 주마." 이렇게 말하며 언제나 씩씩하게 새벽제단을 쌓았습니다. 그런데 이상하게도 그 집에 불이 나고 부터는 새벽기도를 드리러 길을 걸어서 가는 것이 너무나 두렵고 무서웠습니다. "마귀사탄

물러가라."라고 소리를 쳐도 무서운 것은 여전했습니다. 너무나 힘들어서 가까운 믿음의 친구들에게 기도도 부탁했습니다.

한 달이 지난 어느 날 두려움을 겨우 물리치면서 새벽 기도를 드리기 위해 길을 가고 있었는데 갑자기 288장 '예수를 나의 구주삼고'라는 찬송이 제 입에서 흘러 나왔습니다. 잘 모르는 찬송이었는데 그 새벽 하나님께서 이 찬송을 부르게 하셨습니다. 새벽기도를 인도하시는 목사님께서 첫 찬송으로 "288장 예수를 나의 구주 삼고 부르시겠습니다."라는 말씀을 하시는 순간에 신기하게도 그렇게도 두려움에 떨고 무서웠던 마음이 순식간에 사라져 버리고 마음에 평안이 임했습니다. 그때 저는 찬송의 위력을 알게 되었고 이후에 이 찬송은 저에게 힘을 주는 찬송 그리고 간증이 되는 찬송이 되었습니다.

♥ 그리스도의 평강이 너희 마음을 주장하게 하라 너희는 평강을 위하여 한 몸으로 부르심을 받았나니 너희는 또한 감사하는 자가 되라
– (골로새서 3장 15절)

♥ 예수를 나의 구주 삼고
– (찬송 288장)

어느새 위와 장이

예수님을 믿기 전 30대 중반까지 신경이 몹시도 날카롭고 예민해서 작은 일에도 잠을 제대로 자지 않고 거미줄을 치며 생각을 하던 성격 탓으로 인해 무엇을 조금만 먹어도 위가 거북하고 소화가 안 되고 항상 목에 무엇이 걸려 있는 것 같아서 너무나 고통스러워 고생을 많이 했습니다.

치료를 잘한다는 여러 곳의 병원에도 가보고 한의원에서 위에 침도 맞아 보고 토하게 하는 방법도 써 보았지만 소용이 없었습니다. 개소주하면 도망가던 저였는데 너무 답답해서 개소주도 먹어 보고 위에 좋다는 식물도 삶아서 먹었습니다. 이렇게 위에 좋다는 방법을 다 써보았지만 좋아지지 않았습니다. 의사선생님께서는 위 사진까지 보여 주시면서 음식이 걸릴 곳도 없다고 하셨습니다. 병명을 신경성위장염이라고 하며 신경에 관한 약을 처방해 주셨습니다.

잘 먹지도 못하니 몸이 야위어 몸무게가 49킬로그램에서 41킬로그램이 되었습니다. 이렇게 고생을 하다가 예수님을 믿고 나니 언제 위가 나빠서 고생했는지 생각도 나지 않을 정도로 위가 거짓말 같이 좋아졌습니다. 무엇을 먹어도 아무리 많이 먹어도 소화가 잘 되었습니다. 이전에 그렇게 위 때문에 고생했던 일은 깡그리 잊어버리고 주위에 예수 믿는 사람들이 체했다고 하면 '예수 믿는 사람이 왜 체하냐?'고 이상하다고 생각하게 되었습니다.

'예수 믿는 사람은 절대 체하는 일은 없다'는 것이 저의 철칙이 되었습니다.

지금까지 위 때문에 고생한 적이 없습니다. 몸무게가 8,9킬로그램이나 늘어났습니다. 제 생전에 이런 것이 처음이었습니다. 하나님께서는 우리를 만드셨으니 우리의 병도 낫게 하신다는 걸 알게 되었고 굳게 믿었습니다.

여호와 라파!

♥ 누구든지 주의 이름을 부르는 자는 구원을 받으리라   - (로마서 10장 13절)

어머나! 내 얼굴이!

언제부터인가 제 얼굴 양쪽 옆 턱 아래에 울퉁불퉁하고 돌덩이처럼 딱딱한 것들이 나기 시작했습니다. 남들에게 추하게 보일 것도 같고 부끄럽고 창피해서 언제나 단발머리로 가리고 다녔습니다.

6학년 담임을 맡았을 때 졸업식 날 선생님들께서 한복을 입으면 참 예쁠 텐데 왜 안 입느냐고 하셨습니다. 한복을 입고 머리를 올리면 턱에 난 우둘두둘한 것이 보여서 추하게 보일까봐 입지 못했습니다. 이렇게 몇 해를 남의 눈치를 보며 전전긍긍해 하며 살았습니다. 세수를 할 때마다 양쪽 턱 아래가 자갈돌 같이 우둘투둘 것이 만져지면 기분도 나쁘고 우울했고 언제쯤 깨끗한 피부가 될까? 심란하기만 했습니다.

견디다 못해 매주 한 번씩 피부과에 가서 피를 짜 내고 치료를 했지만 잘 낫지 않았습니다. 의사선생님께서 생리가 어떠냐고 물으셔서 양이 아주 적고 그나마도 커피 찌꺼기처럼 나온다고 했더니 생리가 사람에 따라 자기의 가장 연약한 부분으로 나오는 수도 있으니 아마 턱으로 생리가 나오는가 보다고 말씀하셨습니다. 실제로 제 친구 중에서 정말 생리가 코피로 나오는 친구도 있었습니다. 아직 나이도 젊은데 언제까지 생리를 병원에 가서 피로 짜서 배출시켜야 하나 생각하니 우울하기만 했습니다.

저는 늘 사람들을 대해야 하는 교사였기에 학생, 선생님, 학부모님들께 좋지 못한 이미지를 드릴까봐 늘 전전긍긍하며 마음이 편하지 않았습니다. 매끄러운 피부가 되기를 간절히 소망했습니다. 항상 머리를 너러뜨리고 다니려니 지겹기도 그지 없었습니다.

같은 교회를 섬기고 저와 친하게 지내는 간호사로 제직했던 정집사(지금은 권사)가 영양주사를 놓아 주겠다고 해서 황집사(지금은 권사)와 저는 영양링거를 사러 약도매상에 갔습니다.

그런데 여러 약사 중에 한 분이 저의 목에 난 것들을 언제 보셨는지 "제가 그 목에 난 것을 낫게 해 드리겠습니다. 제가 지어주는 약을 드셔 보세요."라고 말씀하셨습니다. 약사님은 자기는 예수 믿는 사람이라고 하시면서 주일날 예배를 드릴 수가 없어서 이제 대구 집으로 돌아가신다고 하시며 다음에 약을 지으러 올 때 자기가 없다고 하시면서 약 이름을 적어 주었습니다.

약값이 상당히 비쌌지만 하나님께서 이 약사님을 통해서 병을 낫게 해 주신다는 확신이 생겼습니다. "그렇게 비싼 약을 뭘 믿고 사느냐?"고 하는 황권사의 말을 흘려 버리고 황권사에게 돈까지 빌려서 약을 샀습니다. 이후에 "그때 너 정신이 이상한 사람이 아닌가 생각했어. 꼭 낫는다는 보장도 없고 아무리 약사라고 해도 처음 보는 사람의 말을 듣고 단번에 그런 큰돈을 주고 약을 사는 게 참 이상하다고 생각했다."라고 하였습니다.

그 약을 먹으니 그동안 그렇게 저를 괴롭게 했던 양쪽 턱에 난 딱딱한 것들이 거짓말 같이 사라지기 시작했습니다. 세수를 할 때에도 매끈한 턱을 만지며 너무 신기하고 기쁘기만 했습니다.

약을 사러 다시 갔을 때 그 약사님은 보이지 않았습니다. 하나님의 은혜로 그때부터 부드러운 얼굴을 만지며 세수도 하고 머리도 올려 보았습니다. 흉터가 생길 것이라고 생각했는데 하나님께서는 피부에 흔적도 남기지 않고 깨끗이 낫게 해 주셨습니다.

예수님께서 주신 은혜는 헤아릴 수 없이 많지만 이 병의 고침을 통해서 저는 정말 살아계신 하나님께 더욱 감사하게 되었습니다. 지금도 이따금씩 턱을 쓰다듬으며 그때의 감격을 떠올립니다.

♥ 예수께서 그 누운 것을 보시고 병이 오래된 줄 아시고 네가 낫고자 하느냐
— (요한복음 5장 6절)

먼저 일하시는 하나님

큰아들 배상익 목사가 고려신학대학원에 시험을 쳐서 첫해에는 실패하고 둘째 해에 다시 시험을 치게 되었습니다. 재수도 했고 일반 대학에 다니다가 고신대신학과를 편입하여 졸업했기에 다른 사람들 보다 나이가 많아 신대원도 바로 입학을 해야 하는데 후보 3위로 되어 있었습니다.

며느리와 사돈 보기가 정말 미안하기만 했습니다. 후보 3위는 지금까지 한 번도 입학을 한 적이 없다고 했습니다. 그런데 저는 실망을 하거나 걱정 하지 않고 기도해야 한다고 생각하며 며느리에게도 걱정하지 말고 기도하라고 하면서 입학금을 준비하였습니다.

"어머니! 언제쯤 연락이 올까요?"며느리의 물음에 나도 모르게 "1월 며칠쯤 연락이 올 거야."라고 말을 하였습니다. 겨울방학이었기에 기도원에서 철야도 하고 금식도 하면서 열심히 기도를 하였습니다. 선생님들과 야유회를 간 날 점심시간쯤에 배상익 목사에게서 전화가 왔습니다. 그 전화를 받는 순간 저는 '드디어 신대원 입학 연락이 왔구나'라는 마음의 확신이 생겼습니다. 배 목사에게 신대원에서 입학금을 보내라는 연락이 왔다고 했습니다. 며느리에게 1월 며칠이라고 말한 날과 거의 일치했습니다. 마음으로 생각하고 믿고 확신한 일이 이루어졌으니 감사하고 기쁘기만 했습니다.

배상익 목사가 신대원에 등록하기 위해서 신대원 행정과에 갔을 때 처음 만나는 행정과장님이 배상익 목사를 반갑게 맞이하셨다고 합니다.

"어떻게 저를 아십니까?"라고 물었더니 며칠 전에 저의 가족이 섬기는 교회의 부목사님이 오셔서 "배상익이라는 우리 교회 청년이 이번에 신대원에 입학하려고 하니 좀 도와주세요."라고 말씀을 하시고 가셨다고 했습니다.

배목사 앞에 있는 후보 두 사람이 등록을 하지 않아서 배상익 목사가 등록을 하게 된 것이라고 했습니다. 등록일이 제법 지나 벌써 신입생들은 히브리어 교육을 다 마친 상태이니 신대원에서는 후보자 등록은 하지 말자고 했다고 합니다.

배상익 목사에게 등록을 하라고 연락하기 전날 교무회의가 열렸는데 행정과장님께서는 등록 순서가 얼마 전에 자기에게 부목사님이 부탁하신 이름인 것을 보시고 히브리어는 다음 계절에 배워도 되니 꼭 입학을 시키자며 적극 추천하셨다고 합니다.

이렇게 끝에 배상익 목사는 신대원에 입학을 하게 되었습니다. 저도 배상익 목사도 우리 교회 부목사님께 부탁드린 적도 없었고 또 부목사님이 신대원에 가신다는 것도 몰랐습니다. 그런데 하나님께서는 우리가 모르는 사이에 벌써 배상익 목사의 입학을 준비하고 계셨던 것이었습니다.

지금도 생각하면 너무 감사하고 또 감사할 뿐입니다. 하나님께 더욱 감사하고 말씀을 해 주신 부목사님께도 정말 고맙게 생각했습니다. 지금 배 목사를 부탁하신 부목사님은 대구에서 담임

목사님으로 하나님께서 아름답게 쓰고 계십니다. 우리 하나님은 역전의 하나님이십니다. 배목사가 입학한 그 자리에 혹시나 입학금이 없어서 등록을 못한 것이 아닌가 마음이 쓰여서 행정 과장님께 여쭈어보니 그 사람은 이스라엘로 유학을 가느라고 등록을 안했다고 했습니다. 그것도 유학이 잘 안 된다고 해서 포기하고 있었는데 갑자기 연락이 와서 유학을 가게 되었다고 하더라는 것이었습니다.

우리는 하나님의 섭리와 인도하심을 잘 모를 때가 너무 많습니다. 그렇지만 저는 후보 3위가 아직 신대원에 입학해 본 적이 없었다는 그 말을 듣고서도 배 목사에게 "실망하거나 포기하지 말고 우리 기도해야겠다"라는 말이 스스럼없이 나왔습니다. 그때 저는 조금도 힘들거나 실망하는 마음이 생기지 않았고 그냥 담담하게 '기도해야겠다.'는 생각으로 배상익 목사와 며느리에게 "우리 기도하자."라고 말 할 수 있었던 것이었습니다.

배 목사도 밤을 새우며 산기도를 하며 하나님께 부르짖었습니다. 지금 생각하면 하나님께서 의심하지 않는 저의들 마음에 응답을 하신 것이라 생각합니다.

"여호와 이레!"입니다.

♥ 아버지가 자식을 긍휼히 여김 같이 여호와께서는 자기를 경외하는 자를 긍휼히 여기시나니   – (시편 103편 13절)

교실에서 새소식반을

저는 예수님을 믿은 지 얼마 되지 않아 새소식반에 대해서 잘 알지도 못했고 체계적으로 교육을 받은 적도 없었으며 성경에 대한 지식이 있는 것도 아니었습니다. 함께 협력해 줄 기독선생 님도 없었습니다. 예수님을 어떻게 전해야 하는 지도 잘 모르면서 토요일 수업이 끝나면 무턱대고 저의 반 교실에 우리 반 아이들 뿐만이 아니라 하교하는 아이들을 우리 교실로 불러 맛있는 과자와 선물도 주며 예수님을 전했습니다. 아이들이 점점 많이 왔습니다.

토요일 1시가 되면 교장, 교감선생님께서 학교를 순시 하시 면서 남아 있는 아이들을 집으로 보내시곤 하셨는데 신기하게도 이층 끝에 있던 우리 교실 쪽으로는 한 번도 오시지 않으셨습 니다.

예수 믿은 지 얼마 되지 않고 하나님 말씀도 모르던 저는 너 무나 힘이 들어서 학교에서 예수 믿으시는 선생님들께 도움을 구하려고 했지만 토요일 방과 후여서 선생님께 부탁을 드릴 수가 없었습니다.

한국교육자선교회 여름연찬회 심령부흥회에 참가하여 하나님께 말씀을 전하실 분을 보내어 달라고 눈물로 간구했습니다.

2학기가 시작 된 어느 날 교문 앞에 우리 교회의 이 집사님

(지금은 권사님)과 학교와 가까운 개척교회의 목사님께서 전도를 하러 오셨습니다. 그때 저는 하나님께서 응답하셨다는 것을 깨닫게 되었습니다.

목사님은 토요일마다 우리 교실에 오셔서 아이들에게 말씀을 전해 주셨습니다. 새소식반은 더 부흥 되었습니다.

시간이 흘러 제가 인근의 다른 학교로 전근을 가게 되었습니다. 그동안 새소식반에 온 아이들은 80명 정도 되었습니다. 아이들은 저와의 헤어짐과 새소식반을 하지 못하는 것을 아쉬워하며 다른 곳에서라도 새소식반을 하자고 해서 말씀을 전하시는 목사님 교회에서 새소식반을 계속하게 되었습니다.

중장년들이 되었을 그 아이들이 어디서든 새소식반 때 알게 된 하나님을 생각하며 열심히 예수님을 믿는 아이들도 있을 것이고 또 예수님을 떠나 살아도 언젠가는 예수님을 믿게 되리라 믿습니다.

♥ 인자가 온 것은 잃어버린 자를 찾아 구원하려 함이니라
— (누가복음 19장 10절)

제2부

여름성경 학교와 물레방아

예수 믿고 두 번째로 옮긴 학교에서 3학년을 담임 했는데 마음이 곱고 친구들과 잘 지내는 여자 반장이 예수님을 믿어 자연스럽게 새소식반을 하게 되었습니다. 교통사정이 좋지 않은 학교여서 제가 섬기는 교회의 여름성경 학교에 아이들을 데리고 간다는 것은 조금 무리였지만 믿지 않는 아이, 믿는 아이 25여 명이 가기를 원했습니다.

2박 3일 일정인 여름성경 학교는 밀양 산외면에 있는 수련원에서 하였는데 물놀이도 하고 맛있는 먹거리도 많이 주니 너무나 좋아했습니다.

아이들은 커다랗고 높다란 물레방아가 빙빙 돌고 있는 모습을 보며 즐거워하였습니다. 한 아이가 헐레벌떡 달려와서 친구가 물레방아에서 떨어졌다는 것이었습니다. 황급히 뛰어가서 보니 우리 반 아이의 남동생이었습니다. 예수 믿는 집도 아니었는데 바쁜 하루의 일과로 힘이 들었던 부모님은 아이들 둘을 다 저에게 맡기셨던 것입니다. 물레방아를 처음 본 반 아이의 남동생은 물레방아가 빙빙 도는 것이 너무 신기하고 재미있게 보여서 물레방아를 잡고 따라 올라 가다가 높은 곳에서 아래를 보니 너무 아찔하고 무서워서 물레방아를 잡은 손을 놓고 말았던 것이었습니다.

저는 아이의 생명이 위험할 지도 모른다는 생각으로 즉시 남편과 함께 부산에 있는 병원으로 아이를 데리고 가서 사진도 찍고 여러 가지 검사도 하였습니다. 아래는 시멘트 바닥이었고 한참을 올려다보아야 하는 높은 곳에서 떨어졌는데도 멀쩡하게 걷기도 잘하고 어디 한 군데 찰과상도 없었습니다. 부모님께서는 오히려 저에게 놀라시고 애쓰셨다고 위로의 말씀까지 해 주셨습니다.

하나님께서 지켜 주셨기에 천사가 아이의 몸을 붙들었기에 멀쩡할 수가 있었습니다. 그 일로 인해 제가 불명예 퇴직을 하지 않고 학교를 40년이나 넘게 다닐 수 있게 해 주시고 최고의 훈장도 받고 명예롭게 퇴직을 할 수 있게 해 주셨음을 진심으로 감사합니다.

♥ 여호와의 말씀이니라 너희를 향한 나의 생각을 내가 아나니 평안이요 재앙이 아니니라 너희에게 미래와 희망을 주는 것이니라
- (예레미야 29장11절)

횃불회관에 서다

　서울 횃불회관에서 전국 천여 명의 믿음의 선생님들이 모여 한국교육자선교회 겨울연찬회가 열렸습니다.

　울산에 있는 고등학교 선생님께서 간증을 하는 시간이 있었는데 선생님은 많은 학생들을 예수님 믿게 하였고 아픈 학생들에게 기도해서 병을 낫게 하기도 했다고 하셨습니다. 저는 상상도 할 수 없는 방법으로 복음을 전하고 있었습니다.

　강연 도중에 전국 연찬회 주체 측 어떤 분이 제게 간증을 하라고 하셨습니다. "준비도 안 되어 있는 제게 갑자기 무슨 간증을 하라고 하십니까?"라고 몇 번이나 못한다고 했더니 짧은 시간 5분간만이라도 된다면서 꼭 하라고 하셨습니다. 간증자들은 미리 원고도 쓰고 영상도 찍는 등 준비를 해오는데 저는 아무 준비도 안 된 상태에 갑자기 부탁을 받은 것이었습니다. 그리고 앞에 간증하신 선생님께서는 병을 치료하는 은사까지 있었는데 사실 저는 이렇다고 내 놓을 것도 못되는 너무나 평범한 새소식반에 관한 것이어서 당황하며 계속 못한다고 했는데도 꼭 해야 한다고 재차 권하셨습니다.

　'어떻게 하나? 무엇을 말해야 하나?' 당황스럽기만 했습니다. 남 앞에 나서기를 싫어하는 성격이기도 하고 전혀 준비도 안 된

생태였지만 '하나님! 어떻게 해야 합니까?'하고 기도하며 어떤 힘에 이끌리어 '하나님께서 알아서 하시겠지?' 생각하며 단상에 올라섰는데 떨리기는커녕 제 자신이 놀랄 정도로 마음은 더욱 차분해지고 신기하게도 모든 사람을 둘러보는 여유까지 생겼습니다.

여기저기 흩어져 앉아 있는 부산지방회 회원들의 얼굴과 좌석에 앉아 있는 천여 명의 사람들이 한 눈에 들어왔습니다. 얼굴엔 저도 모르게 웃음이 번졌고 이리 저리 둘러보는 여유까지 생겼습니다.

제가 입을 열었을 때 정말 신기하게도 아, 에 하는 더듬거리는 말 한 번 하지 않고 마치 도르래 실타래가 풀리듯 저의 입에서는 새소식반에 대한 간증이 쏟아져 나왔습니다.

신기하게도 약속 한 5분이 지나자 저의 간증은 저절로 멈추어졌고 말하고 싶어도 더 이상 입을 열 수도 없었습니다. 인사를 하고 단상을 내려오며 저의 힘으로 간증을 하지 않았다는 사실을 더욱 절감할 수 있었습니다.

어떻게 이런 일이 있을 수 있을까? 원고를 적어서 해도 떨려야 하는 상황인데 하나님께서 "시작!"이라고 하시니 시작이 되었고 하나님께서 "멈춰!"라고 하시니 멈추어졌습니다. 하나님께서 하셨다는 것이 저절로 느껴졌습니다. 여러 선생님들께서 저에게 은혜를 많이 받았다고 말씀하셨습니다. 정말 제 힘으로는 절대 할 수 없는 간증시간이었습니다. 할렐루야! 하나님을 찬양합니다.

♥ 내가 달려갈 길과 주 예수께 받은 사명 곧 하나님의 은혜의 복음을 증언
하는 일을 마치려 함에는 나의 생명조차 조금도 귀한 것으로 여기지 아니
하노라
— (사도행전 20장 24절)

목욕탕에서도 기도를

연산동에서 살 때에 목욕탕과 집이 딱 붙어 있었습니다. 학구에 있는 목욕탕이라 학부모님들과 아이들을 만나기가 일쑤여서 조금은 당황이 되고 쑥스럽기도 했지만 동생들이 조카들을 데리고 왔을 때도 항상 우리 집 목욕탕처럼 이용했습니다.

아무도 저에게 말을 걸지 않아 조용한 가운데 하나님께 기도할 수 있었기 때문에 저는 목욕을 하면서 기도하는 것이 참 좋았습니다.

어느 날 하나님께 남편에 대한 불평과 불만을 쏟아 부으며 목욕을 하고 있었는데 갑자기 제 마음 속에 하나님의 음성이 들렸습니다. "너는 뭐가 그리 잘 났느냐?"고 물으셨습니다. 뒤통수를 한 대 맞은 것처럼 놀랐습니다. '맞습니다. 저도 잘 난 것이 없습니다. 죄송합니다. 잘못했습니다.' 그러면서 눈물을 흘렸습니다. 울면서 회개기도를 하다가 갑자기 졸리기 시작해서 옆으로 쓰러질 뻔했습니다. 누군가가 저를 보고 있었다면 얼마나 우스꽝스러웠을까요? 웬 여자가 들어와 중얼중얼 혼자 말하다가 눈물을 펑펑 흘리다가 꼬박꼬박 졸다가 옆으로 넘어질 뻔했으니 아마도 정신이 좀 이상한 여자로 보였을 것입니다.

남편이 제 마음도 모르고 무심코 던지는 말에 너무 속이 상해서 참지 못하고 밥을 퍼 다가 밥주걱을 식탁 위로 던졌습니다. 그때도 즉시 하나님께서 "전경희 입 닫아라."라고 강하게 말씀하셨을 때 목욕탕에서의 일이 생각나서 얼른 "예, 잘못했습니다."라고 말씀 드리고 아무 일도 없었다는 듯이 출근하는 남편에게 더 친절하게 깍듯이 인사를 하였습니다.

제가 깨달은 것은 제가 아무리 새벽기도를 다니고 복음을 잘 전해도 하나님께서는 남편을 가정의 영적 지도자로 세우셨다는 것이었습니다. 지금도 남편때문에 속상하고 화도 나고 마음이 편하지 않을 때도 있지만 아무리 여자가 잘난 체 하여도 가정의 지도자로 하나님께서 남편을 세우셨다는 것을 잊지 않고 있습니다.

♥ 아내들이여 자기 남편에게 복종하기를 주께 하듯 하라 - (에베소서 5장 22절)

사랑의 교육상

예수님을 믿고 얼마 되지 않아서 초, 중, 고 선생님과 대 교수님으로 구성 되어 있는 전국적 선교단체인 한국교육자선교회 부산지방회 회원으로 섬기게 되었습니다.

제가 마지막으로 근무한 학교는 아이들도 순수하고 학부형님들께서도 마음이 따스한 분들이시며 선생님들도 서로를 위해 주는 아름다운 공동체였습니다. 학교 운동장 연못의 물고기도 보고 유치원 아이들의 귀여운 모습도 보면서 복음도 전하면서 너무 행복한 마지막 학교생활을 보내고 있었습니다.

그 해 부산 지방회에서는 한국교육자선교회 중앙회에서 주는 사랑의 교육상을 저를 추천하신다고 하시면서 자기소개 원고를 써서 보내 달라고 하셨습니다. 저는 상을 받고 싶지도 않았고 해당도 되지 않는다고 생각했기에 거절 했습니다.

심 선생님도 꼭 상을 받으라고 권했지만 저는 사람이 주는 상보다 하나님께서 주시는 상이 좋았기에 끝까지 거절을 하였습니다. 며칠 뒤 중앙회에서 제가 원고를 내지 않아서 책을 만들 수 없다고 하시면서 지금 곧바로 보내라고 말씀하셔서 망설임 끝에 할 수 없이 자기 소개서를 보냈습니다.

그 해 여름연찬회에서 상을 받을 때 제 이름을 부르기 전에 하나님께서 주시는 상이면 그 상을 받기 전에 깨닫게 해 달라고 기도를 했습니다. 제 이름이 불려지는 순간 제가 예수 믿고 처음 은혜를 받았던 435장 '나의 영원하신 기업' 찬송가가 흘러나왔습니다. 어머니가 소천하셨을 때도 저는 이 찬송가만 계속 불렀습니다. 그 찬송가를 듣는 순간 '하나님께서 주시는 상이 맞구나'라는 마음의 감동을 받았습니다. 상장과 부상으로 수저 세트는 열 벌이었는데 큰 아들집 4벌, 작은 아들집 4벌 그리고 남편과 저 2벌 이렇게 우리 가족 수에 꼭 맞아 지금도 이 수저를 사용하며 그때의 일을 떠올리면 감격스럽기만 합니다. 보잘 것 없는 작은 자에게 주신 크신 하나님의 은혜에 감사합니다.

♥ 그런즉 너희가 먹든지 마시든지 무엇을 하든지 다 하나님의 영광을 위하여
하라   – (고린도전서 10장 31절)

♥ 나의 영원하신 기업   – (찬송 435장)

시아버지

　시어머니께서 일찍 세상을 뜨셔서 아들 넷, 딸 둘, 어린 육남 매를 기르시느라 고생을 많이 하셨습니다. 평생 농사를 지으신 시아버지는 온유하시고 가족을 위해 희생하시는 그런 분이셨고 맏며느리인 어린 저에게도 절대로 흐트러진 모습을 보이지 않으실 정도로 자기 관리에 철저하신 분이셨습니다. 비가 몹시도 오는 날 퇴근 시간도 잘 모르시면서 버스정류장에서 바지가 흠뻑 젖도록 저를 기다리시기도 하셨고 저의 집 된장과 간장을 직접 담그실 정도로 자상하신 분이셨습니다. 어느 날 퇴근을 하고 집에 오니 간장을 담그러 오신 시아버지께서 지갑을 잃어버리시고 기운 없이 앉아 계셨습니다. 새로 산 지갑에 빳빳한 지폐를 넣어드렸을 때 기뻐하시던 모습이 지금도 잊히지 않습니다. 며칠 후 고마운 마음으로 수박을 한 덩이 사들고 파출소에 지갑을 찾으러 갔을 때 경찰분이 내미시는 다 떨어진 너덜너덜한 시아버지의 지갑을 받는 순간 제 손이 너무 부끄러웠습니다.

　초등학교 입학을 앞 둔 8살 2월에 친정아버지를 여읜 저는 언제나 아버지가 있는 친구들을 부러워했습니다. 그래서 동서들은 시아버지께 아버님이라고 불렀지만 맏며느리인 저는 아버지라고 불렀습니다.
　시아버지께서 70세에 전립선암으로 수술을 하시게 되셨을 때

의사선생님께서 "이 병은 며느리가 간병을 할 수 없으니 할머니를 모시고 오세요."라고 하셨는데 "할멈이 없습니다."라고 말씀하셨을 때 시아버지의 슬픔이 저에게도 전해져서 정말 마음이 아팠습니다.

바로 아래 동서가 시아버지를 모셨는데 늘 미안해서 필요한 것들은 무엇이든 보내었습니다. 친정어머니께서도 아끼지 말고 무엇이든지 보내라고 하셨습니다. 그래서 맏며느리인 저는 모든 면에서 최선을 다한다고 생각하였기에 시아버지와 시집식구들에게 언제나 떳떳했습니다.

어느 날 기도를 하고 있는 데 갑자기 하나님께서 "시아버지께 잘해 드려라."라고 마음에 울림을 주셨습니다. "시아버지께 잘하고 있는데요? 돈도 드리고 모든 것을 다 해 드리는데요?"라고 하니 "돈이 다가 아니다."라고 말씀하셔서 매일 점심시간에 시아버지께 전화를 드리겠다고 약속을 했습니다.

때마침 부지런하신 시아버지께서 다치셔서 걷기가 힘든 상태로 집에만 계셔야 하셨고 시동생과 동서는 아침부터 저녁까지 들에 나가 일을 하여야 했기에 하루가 정말 지루하고 힘드셨을 것입니다.

'이상하다. 큰며느리가 왜 평소에 안하던 행동을 하지?'라고 생각하실 정도로 점심시간이면 언제나 전화를 해서 이런저런 이야기를 나누었습니다. 그렇게 하기를 서너 달이 지난 후 큰 시누이가 11월 아버지 생신을 당겨서 하자고 했습니다. 근무하고 있던 학교에서는 10월 개교기념일마다 야유회를 갔는데 아름다운 가을풍경이 너무 좋아서 한 번도 빠진 적이 없었지만 마음의 유혹을 뿌리치고 시아버지의 생신을 축하해 드렸습니다.

시아버지께서는 조상을 섬기기를 목숨과 같이 하시는 분이셨기 때문에 남편이 교회에 가지 못하도록 어릴 때부터 단단히 단속을 하셨습니다.

저는 친정어머니께 말씀 드린 것처럼 시아버지께도 "예수 믿지 않으면 지옥갑니다."라고 말씀을 드렸습니다. 시아버지께서는 가만히 듣고 계셨고 남편이 어떻게 그런 말을 생각 없이 하느냐고 했지만 저는 시아버지 연세가 많으셔서 시간이 없다고 말했습니다.

하나님의 은혜로 어느 주일 시골 동네에 있는 교회에서 시아버지를 모시고 예배를 드리러 갔는데 동네에서 제일 연세가 많으신 시아버지가 오신 것을 보고 목사님과 성도들이 다 놀랐습니다.

몇 주일 지난 뒤 예배드리러 잘 가시냐고 물었더니 못 간다고 하셨습니다. 예배를 드리고 오셔서 밤에 잠을 주무시는데 시아버지 어머니가 꿈에 나타나셔서 제사를 지내야 하는데 교회에 갔다면서 회초리로 심하게 때려서 몸살이 나서서 사흘이나 병원엘 다니셨다고 하시면서 이후에 교회를 가지 않으셨다고 하셨습니다. 안타깝게도 악한 사탄이 아버지의 구원을 막았던 것입니다.

평소에 시아버지께서 돌아가실 때 겨울이면 따스한 날을 주시길 기도 하곤 했는데 87세 생신 모임을 하고 난 12월 정말 봄처럼 따스한 날 세상을 떠나셨습니다.

친정아버지께서 세상을 떠나셨을 때는 슬픈 눈물도 흘리지 않고 상여복을 입고 친구들과 뛰어놀기만 했는데 시아버지께서 돌아가셨을 때는 정말 많이 울었습니다.

시아버지께서는 평소에 "내가 죽으면 부산에 있는 큰아들과 작은 아들이 섬기는 교회에서 많은 손님들이 올 것이다."라고 말씀하시며 손님 대접 할 돼지 두 마리 값을 빛바랜 저금통장에 모아두셨습니다. 날씨가 봄날처럼 따스해서 마당에 자리를 깔고 손님들을 모실 수 있었습니다. 서너 달 동안 하루도 빠뜨리지 않고 전화를 드렸기에 시아버지께 조금이나마 효도 할 수 있었음에 그리고 시동생 시누이들, 남편에게 평안한 마음을 가질 수 있어서 너무 감사했습니다.

시아버지께서는 돌아가시기 전 사흘간 자리 보존하셨는데 멀리 살고 있는 저의 가족과 평택 시동생에게는 얼마 전 생신 때 보셨다고 연락을 말라고 하셨다고 합니다. 지금도 시아버지를 생각하면 가슴 가득 뵙지 못하는 그리움이 밀려옵니다. 부족한 제게 깨우침을 주신 하나님께 감사드립니다.

♥ 자녀들아 주 안에서 너희 부모에게 순종하라 이것이 옳으니라 네 아버지와 어머니를 공경하라 이것은 약속이 있는 첫계명이니 이로써 네가 잘되고 땅에서 장수하리라   － (에베소서 6장 1, 2, 3절)

세계를 향해 나아가라

수현이는 어릴 때부터 형인 상익이와는 너무 다른 성격을 가지고 태어났습니다. 상익이는 모든 일에 조심성이 있고 소극적인데 수현이는 용기도 있지만 무엇이든지 적극적으로 하는 성격 탓으로 인해 학교 다닐 때 재미있는 에피소드도 참 많았습니다. 한글을 스스로 깨우칠 정도로 영특하기도 했고 배우지 않아도 악기들을 척척 연주 할 줄 아는 수현이를 사람들은 천재기질이 있다고도 했습니다. 수현이의 어릴 때 꿈은 언제나 돈을 많이 버는 것이어서 손님만 오시면 어떻게 하면 돈을 많이 벌수 있느냐고 물은 뒤 오신 손님들의 대답에 따라 꿈이 바뀌었습니다. 그래서 수현이가 든든하기도 했지만 위태롭기도 했습니다.

저는 수현이가 어릴 때부터 세계를 향해 나아가길 원했습니다. 넓은 세계로 나아가서 꿈을 펼치기를 바라고 원했습니다. 그런데 예수님을 믿는 순간부터 수현이를 향한 더해진 저의 기도는 언제나 많은 돈을 벌어서 하나님의 선한 사업을 위해 쓰임 받는 것이었습니다.

"하나님! 하나님의 선한 사업에도 정말 물질이 필요합니다. 좋은 집에서 살고, 좋은 음식 먹고, 좋은 차를 타고, 좋은 옷을 입기 위해 기도하는 것이 아닙니다. 하나님 나라를 위해 교회와 비젼센터를 짓고 선교와 구제에 아름답게 쓰임 받기를 소원합니다. 그리고 세계를 향해 나아가게 해 주십시오."라고 언제나 기도했습니다. 그리고 어린 수현이에게 커서 돈을 많이 벌면 형님이 섬기는 교회를 꼭 지으라고 당부를 했습니다.

"그 교회가 형님 것이 됩니까?"라고 물을 때마다 "아니야 하나님 것이야."라고 깨우쳐 주었습니다.

호주 멜버른에 공부를 하러 갔는데 살기가 너무 좋아서 아버지와 엄마도 호주에서 살면 참 좋겠다고 말했습니다. 그동안 한 번도 수현이 배우자를 위해 기도해 본 적이 없었지만 늘 예수 믿는 아가씨를 데리고 오라고 말했습니다. 그때부터 '멜버른에 사는 아가씨 특히 예수님을 잘 믿는 마음씨가 고운 우리 나라 자매를 만나서 결혼을 하게 해 주세요'라고 기도를 하였습니다.

지금은 호주 멜버른에서 작은 사업을 하며 가족 모두가 이민을 가서 살고 있었던 믿음이 좋고 마음씨가 착한 작은 며느리를 만나 결혼을 해서 딸 둘을 낳고 살고 있습니다.

아들이 가정을 이루자 그때부터 "하나님! 수현이 가족이 살 수 있는 집을 주십시오. 사돈이 살고 있는 땅에 집을 짓고 함께 살게 해 주세요. 남편과 함께 더 늙기 전에 아이들 집을 방문할 수 있도록 해 주십시오."라고 간절히 기도했습니다.

그러던 어느 날 작은 자부가 "친정어머니가 살고 계시는 땅을 두 부분으로 나누어 집을 짓게 되었습니다. 한쪽은 남동생이,

다른 한쪽에는 우리가 살게 되었습니다. 집을 짓는 모든 과정들이 순조롭게 되도록 기도해 주세요. 친정아버지와 어머니는 저희들이 모시기로 했습니다."라고 하였습니다. 저는 뛸 듯이 기뻐하며 제 기도에 응답해 주신 하나님께 감사를 드렸습니다.

"내 부모를 공경하면 네가 이 땅에서 잘 되고 복을 받는다고 하셨다. 정말 잘 되었다."라고 말하면서 함께 기뻐했습니다. 이 기쁨을 주신 하나님, 저의 기도에 응답해 주신 하나님께 감사와 영광을 올려 드리며 아들이 아름다운 집을 짓고 나면 남편과 방문해 볼 날을 손꼽아 기다립니다.

저의 기도에 응답해 주신 하나님께서 수현이가 반드시 물질로 하나님의 나라를 위해 쓰임 받을 것이라고 굳게 믿고 언제나 간절히 기도하고 있습니다.

♥ 믿음은 바라는 것들의 실상이요 보이지 않는 것들의 증거니 선진들이 이로써 증거를 얻었느니라   - (히브리서 11장 1,2절)

마음을 풀어 주시는 하나님

동부 교육청 소속 학교에서 북부교육청에 속한 학교로 전근을 온 학교는 학생 수가 많아 선생님도 많으셨고 교육부 연구학교를 하는 관계로 부장도 13명이나 되었습니다. 3년 정도 지나면 퇴직을 앞두고 계신 교장선생님은 권위 의식에 가득 차신 분으로 언제나 왕처럼 군림을 하셨습니다. 제가 예수 믿고 그리고 같은 학교 근무하는 선생님을 자부로 맞았다고 그 때부터 교장선생님은 저를 미워하시기 시작하셨습니다. 결재를 받으러 가면 언제나 눈을 지그시 감으시고 "너가 믿는 하나님께 기도해 봐라." 하시면서 이유 없이 빈정거리듯이 말씀하셔서 저는 교장선생님과 마주치면 마음이 편하지 않았습니다.

학년 말 교사 근무성적을 보고 어떤 선생님께서 전근을 가는 선생님들 중에서 제일 경력도 많고 4년이나 부장을 한 저를 나이도 어리고 부장도 하지 않은 선생님보다 성적을 좋지 않게 주었더라는 말을 들은 후부터 마음이 상해서 잠도 오지 않았습니다. 밥도 잘 먹지 않고 한 달도 넘게 꽁꽁 앓고 있어서 얼굴은 수척해지고 혈색도 나빠지고 살도 빠지게 되었습니다. 남편이 마음을 달리 먹으라고 달래기도 하고 친구들이 너 얼굴이 왜 그렇냐고 걱정도 하곤 했지만 저의 마음은 평안해 지지 않았습니다.

속상한 마음으로 겨울방학인데도 집에서 쉬지 않고 매일 학교에 출근해서 승진을 위해 공부를 하고 저녁때쯤이면 집으로 오곤 했습니다.

언제나 오전 10시쯤 출근을 해서 성경을 읽은 후 공부를 했습니다. 그러던 어느 날 에스겔서를 읽고 있는데 말씀 속에서 '그들은 패역한 자'라 하시는 말씀을 묵상하는 순간 신기하게도 그렇게 힘들었던 마음에 평안이 찾아왔습니다. 그렇게도 저의 마음을 힘들게 했던 근무성적과 교장선생님의 대한 미움이 씻은 듯이 사라졌습니다. 할렐루야! 미움에서 자유롭게 되었습니다.

말씀의 위력은 정말 대단하다고 생각합니다. 지금도 늘 에스겔서를 읽을 때마다 그때를 생각하며 감격해 합니다.

♥ 그들은 패역한 족속이라 그들이 듣든지 아니 듣든지 그들 가운데에 선지가 있음을 알지니라 인자야 너는 비록 가시와 찔레와 함께 있으며 전갈 가운데에 거주할지라도 그들을 두려워하지 말고 그들의 말을 두려워하지 말지어다 그들은 패역한 족속이라도 그 말을 두려워하지 말며 그 얼굴을 무서워하지 말지어다 － (에스겔 2장 5, 6절)

마지막 음성

저에게 예수 믿는다고 핍박 하시던 전직 학교 교장선생님께서 퇴직하시고 1년도 되지 않아서 위암에 걸리셨다며 부장 13명이 함께 교장선생님 병문안을 가자고 말했습니다. 저도 교장선생님에 대한 나쁜 감정은 이미 하나님께서 풀어 주신지라 이전에 있었던 일들은 다 잊고 교장선생님을 병문안 하고 얼굴도 뵙고 왔습니다. 다음에 또 만나자고 약속도 하였습니다.

몇 달이 지난 어느 날 아이들을 다 하교 시키고 교실을 정리정돈 하고 있는데 갑자기 하나님께서 '교장선생님께 전화를 해라'라는 마음에 울림을 주셨습니다. 그래서 저는 "하나님! 왜 교장선생님께 전화를 하라고 하십니까? 싫습니다. 또 할 말도 없습니다. 얼마 전에 뵙고 왔습니다."라면서 버티고 있으니 하나님께서 자꾸 전화를 하라고 강권적으로 말씀하셨습니다. 버티다 어쩔 수 없어서 통화를 하게 되었습니다. 교장선생님께 인사를 드리고 여러 가지 대화를 나누었습니다. 교장선생님은 위암은 많이 좋아졌다고 하시면서 앞으로 수석교사제가 생기니 수석교사를 하라고 말씀하셨습니다. 그 말씀 속에는 근평을 잘못 주신 데 대한 미안함이 묻어 있었습니다.

다음 날 아침 7시쯤 되어서 안부장선생님이 밤사이 교장선생

님이 돌아가셨다고 울면서 전화를 했습니다. 저는 깜짝 놀라서
"어제 오후에 저와 통화를 했을 때 교장선생님은 위암도 잘 나
아서 건강하시다고 했는데 어떻게 그런 일이 생겼냐?"고 물어
보니 교장선생님은 밤사이 심장마비로 돌아가셨다고 했습니다.
저는 그때 하나님께서 왜 그렇게 저에게 강권적으로 여러 번 교
장선생님께 전화를 하라고 말씀 하셨는지를 알게 되었습니다.
교장선생님께 원망하는 마음이 조금도 없다고 생각했는데 저도
모르게 교장선생님께 대한 좋지 못한 생각을 버리지 않고 있었나
봅니다. 제가 깨닫지 못하고 있어서 하나님께서 전화를 하라고
하셨구나' 하는 생각이 들었습니다.

　　우리 하나님은 정말로 세심하신 분이십니다.

　　사랑의 하나님이시고 용서의 하나님이십니다.

♥ 오직 하나님이 성령으로 이것을 우리에게 보이셨으니 성령은 모든 것 곧
　하나님의 깊은 것까지도 통달하시느니라　　　　— (고린도전서 2장 10절)

동판에 새겨진 이름

어머니를 모시고 이곳 저곳 경치가 좋은 곳을 다니고 있었는데 어머니가 어느 대추밭으로 우리를 데리고 가셨습니다. 그리고 그때 처음으로 대추밭에 대해서 말씀하셨습니다. 해마다 우리에게 대추를 주셔서 생각 없이 맛있게 먹었는데 알고 보니 어머니가 사신 대추밭에서 수확 된 것을 주신 것이었습니다.

어머니가 소천하신 뒤 동생들과 함께 대추밭을 처리하고 하나님께 감사를 드리고 싶어서 기도하고 있었습니다.

어느 날 무심코 TV CTS방송 채널을 눌렀는데 바로 그 순간 방송 화면에서 동판에 새겨진 우리 가족들의 이름이 보였습니다. CTS방송사에서 선교를 위해 이름을 동판에 새기는 행사에 참여를 했었는데 저는 그 때 참여만 했을 뿐 직접 가 보지도 못해서 그 동판에 새겨진 가족의 이름을 보지 못했습니다. 그런데 하나님께서 갑자기 남편, 큰아들, 작은아들, 큰손녀, 전경희 이렇게 우리 가족의 이름이 동판에 새겨진 것을 보여 주셨습니다.

짧은 시간에 주마등처럼 보여 주신 우리 가족의 이름을 보는 순간 하나님께서 CTS방송사를 원하신다는 것을 알게 되었습니다. 기쁜 마음으로 감사하며 나머지 가족들 이름도 동판에 새기게 되었습니다.

하나님께서는 이렇게 열방을 향한 선교에 관심을 갖고 일하는 것을 좋아 하신다는 것을 더욱 알게 되었습니다. 여호와 이레!

♥ 여호와여 주께서 나를 살펴 보셨으므로 나를 아시나이다 주께서 내가 앉고 일어섬을 아시고 멀리서도 나의 생각을 밝히 아시오며 - (시편 139편 1, 2절)

북부 신우회

지금은 동래구로 병합 된 동부교육청 관할 학교에서 근무 년수가 20년을 넘어 북부교육청 관할 학교로 강제 청간을 당하게 되었습니다. 동부에 있을 때는 한국교육자선교회 부산지방회 지역회 회원들과 자비량으로 개척교회에 가서 여름성경학교도 하고 경로당 위문도 하는 등 하나님을 전하기 위한 선교회 활동을 하였습니다. 그런데 전근을 와서 지역회 모임을 가려고 하니 북부지역회가 없었습니다.

학교에서 신우회 모임을 하면서 늘 북부지역회 결성을 위해 하나님께 기도하며 학교 마다 초중고 예수 믿는 선생님들을 수소문하였습니다. 그리고 예수 믿는 선생님들께 편지도 보내고 전화도 해서 마침내 북부신우회를 결성하게 되었습니다. 그 때 저는 처음 회장님으로 누구를 세워야 할지를 기도하던 중 같은 학교에서 근무하고 있었던 유교장선생님의 남편 되시는 강교장 선생님이 회장으로 충성하게 되었습니다. 유교장님은 자기 남편은 그런 일에 "예스!"라고 할 분이 아닌데 어떻게 회장이 되기를 허락을 했는지 신기하다고 했습니다. 별 볼 일 없는 저의 제의에 마다하지 않고 회장을 맡아 주신 것에 대해 뒤에서 역사하시는 하나님이 계신다고 생각하니 너무 기뻤습니다.

하나님의 은혜로 마침내 북부지역회 결성을 하고 지금도 잊을 수 없는 첫 월례회를 갖게 되었습니다. 전화도 많이 하고 초대장도 많이 보냈는데 최선을 다했는데 과연 몇 분의 신우회 선생님이 참석 하실지 걱정도 되고 가슴도 두근거렸습니다. 그렇지만 참석은 하나님의 뜻에 따른 것이지 제가 전화하고 편지 보내고 해서 되는 것은 아니라고 생각을 하며 기도만 하였습니다. 생각보다 많은 선생님들이 모여서 북부지역회 발대식을 했습니다. 참으로 감개무량했습니다.

　　하나님께서 함께 하시니 이렇게 수월하게 북부신우회가 결성되어 달마다 모여서 믿음의 선생님들과 하나님을 예배하며 학교에서 복음 전하는 것에 대해 의논하며 기도하게 되었습니다. 5개 지역회 회원 중에서 우리 북부 신우회 선생님들이 현직교사로서 제일 젊고 열심이어서 너무 든든하고 행복합니다. 이 기쁨을 주신 하나님께 감사드립니다.

♥ 내 이름으로 무엇이든지 내게 구하면 내가 행하리라 – (요한복음 14장 14절)

또 다시 학교로

58년 학교 교문을 들락거렸는데 그 중 40여년을 넘게 교사로서 보냈습니다. 그 많은 날들을 학교라는 울타리 속에서 보낸 저는 어느새 정년을 맞게 되었습니다. 다른 사람의 정년을 볼 때는 별로 감흥이 없었는데 막상 제가 정년이라는 사실 앞에서는 마음이 참참하고 섭섭하기도 하고 시원하기도 하고 말로 표현 하기가 힘이 들었습니다.

예수 믿고 곧바로 예수님이 너무 좋아서 전도가 무엇인지도 모르면서 학교에서 아이들과 선생님, 학부모님들께 열심히 복음을 전했는데 이제부터 이 황금어장인 학교에서 복음을 전하지 못 한다고 생각하니 너무 아쉽고 섭섭했습니다.

'이제 부터 하나님을 위해 무엇을 해야 하나?' 생각하며 "하 나님! 퇴직 후에 전도여행을 하고 싶습니다. 전도용품을 차에 가득 싣고 가서 개척교회, 미자립교회, 농촌교회에 다니며 그 교회의 목사님과 함께 전도를 하고 싶습니다."라고 기도하고 있었습니다.

어느 날 하나님께서 "너에게 이제 남는 것은 시간뿐이지 않느냐?" 라는 감동을 주셨습니다. 그래서 저는 하나님께 "주님! 제가 무엇을 하기를 바라십니까?"라고 여쭈었더니 "너는 북부신우회를 결성할 때를 생각해라."라고 하셨습니다. 그래서 "하나님! 제게 학교방문을 원하십니까?"하나님께서는 "그렇다. 믿는 선생님들을 찾아다니며 학교복음을 위해 일해라."라고 마음에 감동을 주셨습니다.

저는 즉시 학교마다 예수 믿는 선생님들을 찾아보았습니다. 퇴직 한 후 학교를 방문해서 믿는 선생님들을 찾아 다음 세대를 향하신 하나님의 마음을 전하며 잠자고 있는 기독 교사를 깨우려는 계획을 세웠습니다. 부산시 5개 교육청에 있는 학교방문을 하기 위해서 부산지방회를 섬기는 퇴직 하신 선생님 중에서 지역청을 맡아서 학교방문을 하실 선생님 네 분을 정하고 저와 다섯 선생님이 모여서 결성식을 갖었습니다.

저는 교육자 선교회 부산지방회 정목사님과 함께 일주일에 한번 목요일마다 학교 방문을 하게 되었습니다. 믿던 지 믿지 않던 지 제가 알고 있는 교장선생님, 교감선생님, 선생님들께 전화를 해서 약속을 한 뒤 기도로 준비하고 학교에서 제일 가까운 곳에 있는 교회의 목사님과 함께 학교방문을 하여 학교와 교회를 연결시키는 사역을 하게 되었습니다. 동래, 서부, 남부, 북부, 해운대 교육청에 있는 많은 학교와 주위에 있는 교회를 방문했습니다.

부산시 유치, 초등학교를 다니며 주신 사역을 감당하게 하신 하나님께 감사드리며 다음 세대를 세우시기 원하시는 하나님의 뜻을 받들어 새벽마다 선생님들의 이름을 부르며 기도하고 있습니다.

하나님께서 그만 하라고 하실 때까지 학교 방문을 하려고 합니다. 때때로 마음에 교만이 들어오려고 할 때면 "이 돌로도 얼마든지 하나님의 나라를 위해서 사용하실 수 있다."라고 하신 하나님의 말씀을 떠올리며 이 모두는 하나님의 은혜이지 제 힘이 아니라는 것을 생각하고 겸손하게 이 사역을 감당하고 있습니다.

사명이 있는 사람! 쉬지 않습니다. 사명이 있는 사람! 늙지 않습니다.

♥ 우리가 살아도 주를 위하여 살고 죽어도 주를 위하여 죽나니 그러므로 사나 죽으나 우리가 주의 것이로다
— (로마서 14장 8절)

스트레스와 시편 23편

 교감연수를 받은 후 1년 6개월이나 기다리다가 교감발령을 받았습니다. 나이가 많았기에 조금은 작은 학교로 발령을 받기를 바랐는데 학생이 1200여명이나 되고 교사의 수도 너무 많은 학교로 첫 부임을 하게 되었습니다. 지인으로부터 어느 학교에 발령이 났다고 미리 들었지만 "보내주시는 데로 가겠습니다." 라고 기도했기에 순종할 수 밖에 없었습니다.

 제가 살고 있는 아파트는 산 중턱에 있는 곳이라서 경치는 정말 환상적이었습니다. 낙동강 위로 떠다니는 배도 보이고 긴 꼬리를 이은 기차도 보이고 큰 새 비행기도 뜨고 내리는 것이 보입니다. 그 보다 더 멋진 풍경은 서쪽 하늘에 보이는 낙조입니다. 언제나 부엌에서 일을 하면서 내려다보며 행복해했습니다. 어느 날 주방 작은 창문으로 먼 앞산을 바라보니 빨간 벽돌로 만들어진 제가 근무하고 있는 학교가 보였습니다. 지금까지 그렇게 오래 살았어도 우리 집 주방에서 보이는 빨간 벽돌로 된 큰 건물이 초등학교인 줄은 정말 몰랐습니다.

 '세상에 이럴 수가? 내가 매일 바라보는 학교에 근무하게 하시다니 하나님은 대단하시다.'라는 생각을 하게 되었습니다. 지금도 그 초등학교를 바라보며 학교 복음화를 위해서 기도하고 있습니다. 그런데 그 학교에서 근무하는 선생님들이 원인 모르게 나쁜 병에 걸려서 세상을 떠나신 선생님도 계실 정도로 선생님들이 많이 아팠습니다. 발령을 받고 두어 달이 지난 어느 날 갑자기 몸에 이상이 왔습니다. 아침에 일찍 가서 등교하는 학생들을 위해 교통정리도 해야 하고 많은 아이들과 선생님도 돌아보아야 하고 밀려드는 공문업무까지 처리하며 정말 힘든 날들을 보냈습니다. 교감이라는 직책이 위로는 교장선생님을 모시고 옆으로는 선생님들을 돌아보아야 하고 학부모님들과 시간도 가져야 하는 참으로 힘들고 어려운 자리여서 그런지 정신이 희미하고 기운이 하나도 없었습니다. 아이들과 함께 보낼 때는 아이들이 하교 하고 나면 나만의 시간도 있었는데 교감은 교무실에서 종일토록 사람들을 상대하고 마음을 써야하니 학교 근무하기가 정말 어렵고 너무 힘이 들었습니다.

어느 날 신우회 선생님 중에 한 분이 신경정신과 치료를 권해서 진찰을 하니 스트레스성이라고 했습니다. 친정어머니의 계보로 이어지는 약한 신경정신은 젊은 시절 예수님을 믿기 전에 7살 큰아들이 팔을 부러뜨려서 그 더운 여름 기브스를 하고 있는 것을 보며 마음을 끓였을 때 스트레스성으로 신경정신과 약을 먹은 적이 있었습니다. 그때는 예수님을 믿지 않은 때라서 기댈 곳이라고는 약 밖에 없었기에 참으로 힘든 나날들이었습니다. 그런데 예수 믿고 영육이 강건해졌다고 생각하고 있었기에 이런 병이 오리라고는 생각지도 못했습니다. 그런데 아이들과 함께 생활하기를 좋아하는 제가 교감이라는 직책이 힘들고 어울리지 않아서 신경병이 또 찾아왔습니다. 예수 믿는 사람이 스트레스성이라니 자신에게 실망스럽고 하나님께 죄송스럽고 부끄럽기도 했으며 사람들이 알까 봐 전전긍긍 했습니다.

매일 점심시간이 되면 운동장을 걸으며 육신과 정신을 쉬곤 했지만 잘 낫지 않았습니다. 그러던 중에 저는 하나님의 말씀이 약이라고 생각하며 시편 23편 전장을 부지런히 암송하였습니다. 그러던 중 어느 사이 나도 모르게 마음은 차분해지고 평안해져서 1년 만에 스트레스성 약도 끊고 학교생활을 잘하게 되었습니다. 역시 하나님의 말씀이 세상의 어떤 약 보다 최고의 약이라는 걸 더 잘 깨닫고 알게 되었습니다.

하나님의 말씀은 살아서 운동력이 있다는 것, 하나님의 말씀은 내 발에 등이요 내 길에 빛이라는 것을 절실히 깨닫고 이후로 저는 항상 하나님의 말씀을 가까이 하고 말씀을 암송 하며 힘을 얻었습니다.

♥ 여호와는 나의 목자시니 내게 부족함이 없으리로다 그가 나를 푸른 초장에 누이시며 쉴 만한 물가으로 인도 하시는도다   - (시편 23편 1, 2절)

급 발진

저는 큰아들이 군에 입대한 후부터 군 생활 중 믿음이 연약해질까봐 매 주일에 한 번씩 주보를 넣고 손 편지를 썼습니다. 아들이 휴가 왔다가 군에 갔을 때 서글픈 마음이 들지 않기를 바라며 아들이 휴가를 왔을 때도 써 보냈습니다. 군 입대한 순간부터 한 주도 빠짐없이 손 편지를 썼습니다. 아들이 제대를 하는 날에도 제 편지가 도착한 것을 보신 대장님이 "자네 어머니 참 대단하시다."라고 하셨다고 합니다.

큰아들 배상익 목사가 군 입대 후 강원도로 배치를 받고 첫 휴가를 왔습니다. 학교시절보다 힘은 들겠지만 정말로 몸에 근육도 생기고 건강해 보였습니다.

그런데 휴가 온 며칠 뒤에 감기에 걸렸습니다. 귀대 날짜도 다 되어 가는데 감기가 빨리 낫지 않아서 배목사를 데리고 제가 평소에 잘 다니는 내과에 갔습니다. 의사 선생님의 진료를 받고 집에 오려고 자동차 시동을 걸었을 때 갑자기 자동차가 앞으로 갔다가 뒤로 갔다가 미친 것처럼 마음대로 움직이기 시작했습니다. 너무나 당황이 되어 이러지도 저러지도 못하고 핸들만 꼭 잡고 있을 때 "엄마! 시동을 끄세요!'라고 배목사가 말했습니다. 급하게 시동을 끄니 차는 언제 그랬냐는 것처럼 그 자리에 폭삭 멈추어 섰습니다. 우리는 너무 놀라서 한동안 멍청히 있었는데 어떤 남자분이 창문을 두드리며 급발진을 한 것 같다며 괜찮으냐고 물었습니다.

급발진 한 곳은 차들이 씽씽 달리는 8차선 대로였습니다. 그런데 희안하게도 양쪽 차선 모두 우리 차외에는 한 대도 없었습니다. 이게 어찌 된 일인가고개를 내밀고 살펴보니 하나님께서 양방 횡단보도 신호로 차들을 잡아 놓고 계셨습니다. 만약에 양쪽에서 차들이 왔다면 크게 다치고 대형사고가 났을 것입니다. 그런데 그 넓은 도로 위에서 하나님께서 미리 횡단보도 신호로 차를 멈추어 놓으셨기에 우리 차만 앞으로 갔다가 뒤로 갔다가 한 것이었습니다. 이 아찔한 순간을 아무리 생각해 보아도 이것은 절대 사람의 힘으로 될 일이 아니었습니다. 전적인 하나님의 보살핌이었습니다. 하나님의 자녀를 보호 하시는 사랑이었습니다.

♥ 나는 여호와를 향하여 말하기를 그는 나의 피난처요 나의 요새요 내가 의뢰하는 하나님이라 하리니　　　　　　　　　－ (시편 91편 2절)

불 속에서 구한 집

연산동에서 통근 할 때는 왕복 두 시간이 넘게 걸려서 출퇴근 운전을 하며 숱하게 졸기도 해서 가슴을 쓰려 내렸을 때가 많았었는데 하나님의 은혜로 이사 온 아파트는 걸어서 10분 정도의 거리이니 학교 다니기가 너무 편했습니다.

10월의 어느 날 12시 즈음에 교감선생님이 놀라지 말라고 하시면서 집에 불이 났다고 말씀하셨습니다. 세를 놓아 다른 사람들이 살고 있는 연산동 집을 생각했는데 교감선생님께서는 지금 우리가 살고 있는 아파트라고 하셨습니다. 제가 살고 있는 아파트 동 앞에서 많은 사람들이 웅성거리며 우리 집이 있는 곳을 올려다보고 있었습니다.

그때 같은 라인 9층에 사시는 학부모이 오시더니 "선생님 많이 놀라셨지요? 이제는 불이 잡혔으니 올라가 보세요."라고 말씀하셨습니다. 그 학부모님이 아니었으면 집이 모두 불에 타고 다른 집도 태웠을 것이라고 했습니다. 그 학부모님은 평소에 늘 일을 나가시는 분이셨는데 그날따라 집에 계셨다고 합니다. 그런데 갑자기 비상벨이 조그맣게 들려서 이상하다고 생각하며 소리를 따라 걸어서 올라가 보니 우리 집 현관문 틈 사이로 연기가 나오고 있었다고 합니다. '불이 났구나!'라는 생각이 드셔서 경비실에 연락을 하기 위해 급하게 집으로 내려가려고 했을 때 하필 승강기가 고장이 나 있었다고 합니다. 저의 집은 15층 중 14

층이었기에 옥상을 통해 옆 동으로 건너가는 것이 빠를 것 같아서 옥상으로 올라가 보니 마침 승강기를 고치기 위해 기술자들이 와 계셨다고 합니다. 그분들이 우리 집 현관문을 부수고 들어가 자체 소화기로 화장실에서 나오고 있는 불길을 잡았다고 합니다. 그날따라 왜 자기가 빨리 일하러 나가지 않았는지 모르겠다면서 그리고 그 작은 비상벨 소리도 어떻게 듣게 되었는지 참으로 다행이라고 말씀하셨습니다. 그 학부모님이 비상벨 소리를 듣지 않았더라면 우리 집은 불길에 휩싸였을 것이고 앞집, 아랫집, 윗집까지 피해를 입혔을 수도 있었을 것입니다. 119가 와서 불을 끄면 베란다로 올라와 가구든 무엇이든 하나도 남기지 않고 물부터 뿌린다고 했습니다. 그런데 아파트에 일하러 오신 분들이 자체 소화기로 끄셨기 때문에 가구와 모든 것들을 다 건질 수가 있었습니다.

집 안 모두가 마치 검정 재를 뒤집어 쓴 것 같이 되어 있었고 그렇게 멋있다고 생각했던 거실의 실크커튼은 검은 색이 되어 있었습니다. 책갈피마다 새까맣게 되어 있었고 어디 한 곳 성한 곳이 없었습니다. 화장실을 들여다보니 변기와 장식장은 모두 녹아서 없어져 버렸습니다. 그렇지만 사나운 불길과 검정 재 속에서도 모든 가구들은 그 모습 그대로 조용하게 제자리를 지키고 있었습니다. 결혼하고 25여년 만에 처음으로 이사 오면서 아들들의 결혼도 생각하며 새로 장만한 가구들인데 이렇게 모양을 그대로 간직하고 있을 수 있다는 것 그리고 앞집, 윗집 아랫집에 옮겨 붙지 않았다는 것이 정말 뭐라고 말 할 수 없는 감격 그 자체였습니다.

생각하고 또 생각해도 정말 고마우신 학부모이셨습니다. 그러나 그 학부모님 뒤에서 역사하시는 하나님이 계셨기에 집과 가구들을 구할 수 있었습니다. 이 학교의 4년 근무가 끝나면 고향 집 같은 연산동 집으로 돌아가리라고 생각하고 아파트를 전세로 살고 있었는데 남의 집을 이렇게 불이 나게 했으니 집을 사야 한다는 생각으로 시세보다 싼 값으로 아파트를 살 수 있게 되었습니다.

이 아파트에서 20년을 넘게 살면서 며느리 둘, 손녀 넷도 보았습니다. 그리고 새소식반도 할 수 있었습니다. 어머니가 이렇게 교통도 좋지 않고 산에 있는 아파트를 샀다고 역정을 내셨는데 하룻밤을 주무시고 나서는 "밝고 좋은 집이니 절대로 이사를 가지 말고 끝까지 살아라."라고 말씀하셨습니다.

경치가 아름답고 밝은 햇빛이 비추고 공기도 맑아 이십년도 넘는 연수를 자랑하는 식물들과 사철 꽃이 피어나는 아름다운 이 아파트에서 지금까지 살게 해 주신 하나님께 감사를 드립니다.

♥ 내가 진실로 진실로 너희에게 이르노니 내 말을 듣고 또 나 보내신 이를 믿는 자는 영생을 얻었고 심판에 이르지 아니하나니 사망에서 생명으로 옮겼느니라
— (요한복음 5장 24절)

할렐루야!!!

　제가 초등학교 4학년쯤 되었을 때 어머니는 언제나 자리에 누워 계셨습니다. 늘 그렇게 자리에 누워 계시는 어머니를 보며 어린 저는 우울해졌습니다. 집에 가기 싫어서 같은 반에 가장 친한 여자 친구 집에 가서 늘 놀곤 했는데 그 친구 집에 가면 그렇게 읽고 싶어 하던 동화책도 가득 있었고 예쁜 한복을 차려 입으시고 화장도 곱게 한 아름다우신 친구의 어머니도 계셨습니다. 친구가 대문의 벨을 누르면 어머니는 언제나 환한 미소를 머금으시면서 친구를 맞이하셨습니다. 깨끗한 집에 어여쁜 어머니와 제가 너무나 좋아했던 동화책도 가득하고 무엇 하나 부족한 것이 없는 그 친구는 나의 동경의 대상이었습니다. 그런데 우리 어머니는 제가 학교에 갔다 와도 아침에 학교에 갈 때도 언제나 누워 계셨습니다.

　그렇게 누워 계시던 어머니가 어느 날 갑자기 자리를 박차고 일어나셨습니다. 그런데 왜 어머니가 그렇게 자리에 누워 계셨는지를 제가 결혼을 하게 되었을 때 알게 되었습니다. 저는 예수 믿지 않는 집의 4남매 맏이였기 때문에 어머니가 분명히 철학관이나 점을 치는 곳에 가서 결혼 날짜를 잡으실 것이라고 생각했는데 어머니 마음대로 결혼 날짜를 4월 1일 만우절로 잡으시는 것이었습니다. 그 때 어머니는 저에게 절대 귀신을 섬기면 안 된다고 하셨습니다. 어머니가 누워서 지내실 그 때 젊으신 어머니에게 신이 내려서 신풀이를 해야 하고 점쟁이가 되어야 한다고 했다고 합니다. 어머니는 자식이 네 명이나 되고 아버지도 돌아가시고 안 계신데 어머니마저 점쟁이가 되면 자식들은 결혼하기도 힘들고 창피하고 부끄러워 할 것이라고 하면서 귀신을 받지 않았다고 합니다. 어머니는 저에게 "정말 귀신이 있는 것은 맞더라. 내가 귀신이 어디 있느냐고 했더니 점쟁이가 대나무를 잡아 보라고 해서 잡았는데 나는 가만히 있는데 대나무가 사시나무 떨리듯이 막 떨리더라. 귀신은 섬기면 더 붙는다. 그러니 절대로 귀신을 섬기지 말아라."라고 말씀을 하시면서 결혼 날짜를 4월1일 만우절로 잡은 것에 대해 말씀하셨습니다. 어머니는 귀신을 섬기지 않기 위해서 그 귀신과 싸우느라고 그렇게 오래 아프셨다고 하셨습니다. 마침내 어머니는 귀신에게 이겨서 이렇게 건강하게 일어나셨던 것이었습니다. 그런 뒤부터 어머니는 어떠한 일이 있어도 귀신 찾거나 귀신에게 비는 일은 하지 않았습니다. 세 동생들이 결혼 할 때도 "큰언니 방학 때 결혼해라."라고 말씀하셨습니다.

한국교육자선교회 여름 연찬회를 강원대학에서 하게 되었을 때 강원대학까지 먼 길이었는데 어머니도 함께 가겠다고 자꾸 우기셨습니다. 길도 멀고 또 목사님, 교수님 등 강사님의 말씀을 알아들을 수도 없고 너무 힘들고 고생한다고 말씀을 드려도 막무가내로 함께 가시겠다고 하셔서 할 수 없이 모시고 가게 되었습니다. 제 친할머니께서 거창교회를 다니셔서 어머니는 예수님을 잘 알고 계셨지만 외할머니와 절에 다니며 부처를 믿고 계셨습니다. 어머니는 제게 피곤하고 힘이 드는데 왜 새벽기도를 가느냐고 말리셨습니다. 저는 망설이지 않고 "어머니가 지옥 갈 까 봐서 새벽에 기도하러 갑니다."라고 말씀을 드렸습니다.

연찬회 첫 날, 첫 시간 혀에 대한 말씀을 하셨는데 이 말씀을 들으신 어머니께서 "내가 지금껏 헛살았다."하시면서 너무 어머니 당신이 하시고 싶은 말씀을 마음대로 했다고 하면서 후회하셨 습니다. 저는 속으로 깜짝 놀랐습니다. 어머니는 30세에 홀로 되셔서 4명의 자녀를 키우면서 억척같이 살아오셨기에 상대편을 생각하지 않고 어머니가 생각나는 대로 말씀하셨습니다. 그런 어머니의 마음을 움직이신 하나님께 그저 고개만 숙여질 뿐이 었습니다. 늦은 시간까지 집회가 있기 때문에 어머니를 먼저 기숙사에 가시게 했습니다.

집회가 끝나고 기숙사 가까이 갔을 때 어머니가 손을 힘차게 들면서 "할렐루야!"라고 외치셨습니다. 어머니가 어떻게 할렐 루야를 알고 소리치셨을까? 저는 깜짝 놀랐습니다. 기숙사로 갈 때 어떤 여자 분이 함께 가시면서 어머니께 예수님을 전하시고 영접기도까지 하게 하셨다고 했습니다. 어머니가 지옥 갈까 봐 잠도 못자고 새벽기도 간다고 해도 꿈쩍도 안하시던 어머니가 이렇게 하나님의 은혜로 예수님을 영접하게 되었으니 그 은혜가 너무 감사했습니다.

이후에 어머니께서 말씀하셨습니다. 어느 날 금정산에서 내려오는데 갑자기 쓸쓸한 마음이 드셨다고 했습니다. 그때

'큰 딸이 믿는 예수님을 믿어볼까?' 하는 생각이 드셨다고 했습니다. 하나님께서는 이렇게 어머니의 마음을 미리 만져 놓으셨습니다. 그 이후 어머니는 주일이면 제일 예쁜 옷을 깨끗이 입으시고 언제나 예배를 드리며 열심히 예수님을 믿으시다가 가장 아름다우신 모습으로 소천 하셨습니다.

♥ 혀는 곧 불이요 불의의 세계라 혀는 우리 지체 중에서 온 몸을 더럽히고 삶의 수레바퀴를 불사르나니 그 사르는 것이 지옥 불에서 나느니라
— (야고보서 3장 6절)

이야기 할머니를 버리고

40년이나 넘게 다닌 학교에서 퇴직을 하고 기타를 배우러 다니며 지내던 어느 날 신 선생님이 이야기 할머니를 한 번 해 보라고 권했습니다. 학교 다닐 때 보다 더 힘든 면접고사를 통과해서 합숙도 하면서 1년 동안 강한 교육을 받게 되었습니다. 40년이나 넘게 사람들 앞에 섰었는데도 옛날이야기나 교훈이되는 이야기를 한 편씩 외워서 지도교사와 동료들 앞에서 시연을 하는 것이 무척 힘이 들었습니다.

원고를 외우고 행동을 이따금씩 넣어서 하는 이야기는 이제는 녹슬어 가는 머리로 잘 외워지지 않아서 정말 고생했습니다. 언제나 연습을 하면서 '하나님! 유치원에 가서 아기들에게 복음을 전하게 해 주세요.'라고 기도했습니다.

이야기 할머니로 갈 유치원이 집에서 가까운 곳으로 결정되었습니다. 1주에 2시간이지만 7만원이라는 수고료는 매우 큰 것이었습니다. 감격해 하며 첫 번째 교제를 펼쳤는데 교육 받는 동안 한 번도 보지 못한 신령님이 나타나서 그 마을의 사람들을 도와준다는 내용이 저의 발목을 잡고 말았습니다. 아기들에게 복음을 전하겠노라고 하나님께 일 년 내내 기도 해 놓고 도저히 유치원에 이야기를 하러 갈 수가 없었습니다. 마침 그때 교회에서 T공동체 학습을 하고 있었는데 학습내용이 하나님의 자녀는

첫째 계명으로 하나님 외에 다른 신들을 섬기지 말라는 내용이
었습니다.

　사람과도 약속을 하면 지켜야 하는데 하물며 유일하신 하나님,
사랑하는 하나님과 한 약속을 지키지 않는다는 것은 있을 수 없는
일이라고 생각했습니다. 그동안 더운 여름에도 추운 겨울에도
쉬지 않고 외우고 실습하며 가슴 졸이며 고생스러웠던 이야기
할머니를 과감하게 그만두어 버렸습니다.

　우리들이 살아가는 삶 속에서 정말 하나님을 의식하지 않고
산다면 무엇이든 못할 일이 있겠습니까? 그리고 돈을 벌 수 있
다면 무슨 일이든 못하겠습니까? 하지만 하나님의 자녀이며 하
나님의 은혜로 살아가기에 저의 선택을 후회하지 않았습니다.
하나님의 뜻에 순종할 수 있는 믿음을 주신 우리 하나님께 감사와
찬송과 영광을 올려 드립니다.

♥ 이제 내가 사람들에게 좋게 하랴 하나님께 좋게 하랴 사람들에게 기쁨을
　구하랴 내가 지금까지 사람들의 기쁨을 구하였다면 그리스도의 종이 아니
　니라
　　　　　　　　　　　　　　　　　　　　　　　- (갈라디아서 1장 10절)

제 3 부

앗! 연산동 집이

결혼을 해서 처음 살았던 연산동은 10미터 도로를 끼고 있는 이제 막 개발이 시작되는 곳이었는데 새로 지은 2층 양옥집에서 신혼생활을 시작하게 되었습니다. 이 집에서 아들 둘 낳고 가까운 학교에 근무하면서 젊은 시절을 행복하게 보냈습니다. 아래층에는 저의 가족, 이층에 두 가구, 가게 한 가구 이렇게 네 가구가 살고 있었고 정원수도 멋지게 되어 있고 연못도 있는 좋은 집이었습니다. 그 때는 최고의 목표가 결혼을 하면 자기 집을 갖는 것이었기에 친구들과 동료선생님들은 이렇게 좋은 집이 있는데 왜 선생을 하느냐고 말하기도 했습니다. 또한 연산동 집은 친정동생들이 모두 결혼하기 전에 함께 살았고 여동생들은 결혼을 해서도 함께 산 집이었기에 의미가 있고 삶의 역사가 살아 있는 집이었습니다. 조카들은 연산동 집을 고향집이라고 불렀습니다.

북부에 있는 초등학교로 전근을 오게 되어 학교 위 아파트에서 4년 살다가 이후에 다시 돌아갈 것이라고 생각하고 연산동 집을 전세로 주고 왔습니다. 그런데 살아보니 남편 회사도 가깝고 지하철도 있고 부산 어디든 바로 갈 수 있는 교통이 좋은 곳이라서 연산동 집을 팔기로 했습니다. 연산동 집을 계약한 분이 남편에게 집을 좀 수리를 해도 되겠냐고 해서 마음씨 좋은 남편은 계약금만 받은 상태에서 그렇게 하라고 허락을 했습니다.

계약을 한 분이 가게에 살고 있는 사람 이사를 가게 해 달라고 해서 이사 비용까지 주어가며 내보냈습니다. 그런데 수리를 하는 사람들이 기둥도 받치지 않고 너무 심하게 수리를 한 탓에 연산동 집이 그만 무너지고 말았습니다. 평소에도 어머니가 연산동 집은 벽돌을 쓰지 않고 블록을 써서 지었기 때문에 힘이 없어서 무너질 것이라고 몇 번이나 말씀하셨지만 '설마 집이 무너질까?'라는 생각을 했습니다. 그런데 정말 연산동집이 무너지고 말았습니다. 하나님의 보살핌과 도우심으로 무너진 시간이 점심시간이어서 수리하던 사람들이 점심을 먹으러 가고 없었고 또 가게에 살던 사람들도 이사를 가고 난 뒤였기 때문에 인명사고가 없었습니다.

무너진 집 앞마당 쪽의 벽은 단단한 돌들이 붙어져 있었고 골목길이 있는 뒤 쪽은 그냥 시멘트로만 되어 있었는데 희한하게도 집은 단단한 돌이 받치고 있던 앞마당 쪽으로 무너졌습니다. 만약에 뒤 골목 쪽으로 무너졌다면 골목길을 통행하던 사람들이 다칠 수도 있었습니다. 계약금만 받은 상태라 집주인은 남편으로 되어 있었기에 사실상 이 모든 책임은 남편이 져야 했습니다.

하나님께서 불꽃같은 눈동자로 지켜 주시지 않으셨다면 우리는 큰일을 당 할 뻔했습니다. 배상금을 물어주어야 했을 지도 모릅니다. 인명피해가 있었다면 어쩔 뻔 했겠는가? 지금도 그때를 생각하면 아찔하기만 합니다. 연산동 집을 고향이라고 생각하기도 한 조카들한테는 미안하지만 그 일이 있고 난 후부터는 연산동 집에 대한 아쉬움도 없고 생각하기도 싫었습니다. 남편은 지금도 "연산동 집"하면 고개를 절레절레 흔듭니다.

하나님께서 불꽃같은 눈동자로 지켜 주셨기에 이렇게 옛날 일을 회상하고 글을 씁니다. 하나님 은혜에 정말 감사하고 또 감사하기 만 합니다.

♥ 그의 힘의 위력으로 역사하심을 따라 믿는 우리에게 베푸신 능력의 지극히 크심이 어떠한 것을 너희로 알게 하시기를 구하노라 - (에베소서 1장 19절)

포기하려고 했지만

제 나이 51세 여름방학 때 산부인과에서 자궁과 난소에 혹이 있다고 하면서 한 달 후에 다시 보고 혹이 커졌다면 수술을 해야 한다고 했습니다. 한 달 후에 검사를 하니 혹이 더 커졌고 가족의 병력도 있고 하니 수술을 해서 다 떼어 내자고 하셨습니다.

수술 후 두 달 동안 병가를 내고 여동생 집에서 쉬면서 몸을 돌봤지만 속히 회복이 되지 않았습니다. '이러다가 정상적인 사람이 될까?'라는 생각도 들었습니다. 이제는 승진 할 생각도 말고 건강관리나 잘하라고 모두들 말했습니다. 그동안 승진 점수를 조금이라도 더 채우려고 공개수업도 하고 논문 점수를 따기 위해서 여러 가지 노력을 많이 했습니다. 필요한 자격증을 따기 위해서도 정말 힘써 노력했습니다. 남편은 그렇게 힘이 드는 승진을 왜 하려고 하냐고 말리기도 했지만 포기할 수가 없었습니다.

하나님께서 "자식은 나에게 맡기고 너는 너 할 일이나 해라." 라고 하신 말씀은 승진을 하라고 하신 말씀이라고 생각했기 때문이었습니다. 그래서 처음 예수 믿고 포기 했던 승진을 향한 달음질을 늦게나마 시작하였기에 여러 선생님들의 승진을 포기하라는 말씀이 귀에 들어오지 않았습니다.

저는 첫 발령을 받은 순간부터 오직 승진을 목표에 두고 수업 연구 대회와 학습지도안 대회, 학생 학예회 대회도 나가는 등

온갖 노력을 다했었습니다.

그러나 예수님을 만난 순간 저는 가장 하고 싶었던 두 가지의 꿈을 포기하고 열심히 예수님만 믿겠다고 하나님께 약속을 했습니다. 하나는 승진의 꿈이었고 나머지 하나는 그렇게도 되고 싶었던 시인의 꿈이었습니다. 그런데 하나님께서 자식은 내게 맡기고 너는 너 할 일이나 하라는 말씀을 승진을 하라고 하시는 말씀으로 알고 늦게나마 승진을 준비하게 되었던 것이었습니다.

그때는 승진을 하는 준비 기간이 오래 걸렸습니다. 승진할 다른 선생님들은 다들 대학원을 다니면서 논문 점수를 채웠는데 저는 대학원도 가지 않고 논문점수로 채우려니 논문을 잘 쓰시는 선생님들께 도움을 구할 수밖에 없었습니다.

'하나님 아버지께서 승진을 시켜 주시려면 논문을 도와 줄 사람을 붙여 주세요'라고 기도를 하였습니다. 그런데 다음해 3월 1일자로 제 논문 쓰던 것을 도와주시던 하선생님이 우리 학교로 전근을 오셔서 그것도 동학년이 되어 제 옆 반을 담임하게 되었습니다. 그때 제가 근무하고 있던 학교는 교육부 연구학교이고 빈자리가 별로 없어서 전근 오기란 하늘의 별 따기였습니다. 논문을 도와주시던 선생님이 "이 학교에 전근 오기가 힘들어서 생각지도 못하고 포기하고 있었는데 정말 기뻐요."라고 하였습니다. 저는 그 말을 듣고 '하나님께서 나의 승진을 원하시고 나의 기도를 들어주셨구나!'라고 생각하며 정말 기뻤습니다. 이후로 그 선생님은 제가 승진하기까지 논문을 비롯하여 승진에 필요한 모든 것을 도와주었습니다.

참으로 하나님의 도우심은 끝이 없으시다는 것을 알게 되었습니다. 나 혼자만의 힘으로 승진을 하려고 했다면 아마도 승진도 못하고 고생만 잔뜩 하고명예퇴직을 하고 말았을 것입니다. 비록 교장으로 퇴직은 못하고 교감으로 퇴직을 했지만 이것 역시 하나님의 뜻이며 은혜라고 생각합니다.

퇴직을 하고 이후 학교방문을 하면서 더 잘 알게 되었습니다.

저를 선한 길로 인도하신 하나님께 감사드립니다.

♥ 여호와께서 사람의 걸음을 정하시고 그의 길을 기뻐하시나니 그는 넘어지나 아주 엎드러지지 아니함은 여호와께서 그의 손으로 붙드심이로다
— (시편 37편 23, 24절)

어찌 이런 일이!

너무나 추운 겨울날이었습니다. 두꺼운 코트를 입고 따스한 물을 유리병에 담아 가슴에 안고 교실 문을 여는 순간 우리 반 남자아이가 장난스럽게 쪼르륵 미끄럼을 타고 와서 저의 두 다리를 다 거두고 말았습니다. 저는 마치 마른 막대기가 넘어지듯이 일자로 "쾅!"하고 앞으로 넘어지고 말았습니다. 가슴에 안고 있었던 유리병에 가슴뼈를 다쳤는지 숨을 쉴 수가 없었습니다. 정형외과 의사선생님은 갈비뼈 물렁뼈를 다쳤다고 하시면서 치료를 오래 받아야 한다고 말씀하셨습니다. 너무 아파서 숨을 쉴 수도 없었고 생활하기에 불편하기 짝이 없었습니다. 병원을 열심히 다녔지만 쉽게 낫지도 않았습니다.

한해의 마지막 12월 31일에 밀알교회 형제 자매들과 안강에 있는 기도원을 가게 되었습니다. 새해 첫날 1월 1일 낮 예배를 드릴 때 말씀을 전하시는 목사님께서 자기가 신유의 은사를 받았다고 하시면서 지금 아픈 곳이 있는 사람들은 집에 가면 나을 것이라고 말씀하셨습니다. 지금 바로 낫지 않고 집에 가야 낫는 이유를 말씀하셨습니다. 신유의 은사를 받고 많은 사람이 병 고침을 받게 되니 너무 교만해져서 자기가 낫게 하는 힘을 가지고 있다고 생각하며 우쭐 되고 잘난 체를 하니 하나님께서 그것을 깨닫게 하셨다고 합니다. 그래서 주님께 잘못함을 고백하고 회개를 하며 "아픈 사람들이 기도 받자마자 바로 낫게 하지 마시고 집에 가면 낫게 해 주십시오."라고 기도를 했다고 했습니다. 저는 그 말씀을 듣고도 목사님의 말씀은 저의 아픔과는 아무 상관이 없다고 생각하며 치유의 은사가 일어나리라고는 생각도 하지 않았습니다. 그런데 집에 도착해서 보니 "앗! 어찌 이런 일이!"정말 아픈 갈비뼈가 깨끗하게 치유되어 있었습니다. 언제 아팠는지 모를 정도로 깨끗이 나아 있었습니다.

저는 병을 고치시는 하나님을 또다시 체험하게 되었습니다. 그 기적이 저에게 일어난 것에 대해 정말 깜짝 놀라며 기쁘기도 하고 감격스럽기도 하였습니다.

치유의 하나님께서 저에게 베풀어 주신 은혜였습니다.

♥ 두려워하지 말라 내가 너와 함께 함이라 놀라지 말라 나는 네 하나님이 됨이라 내가 너를 굳세게 하리라 참으로 너를 도와 주리라 참으로 나의 의로운 오른손으로 너를 붙들리라   ─ (이사야 41장 10절)

이야기로 전도를

교감으로 발령을 받아 첫 부임지에서 근무하다가 마지막 근무지로 전근을 왔습니다. 첫 부임지는 학생 수도 많고 교직원 수도 너무 많아서 부담이 되었었는데 감사하게도 마지막 근무지는 선생님들과 학생, 학부모님들도 모두 마음이 넉넉하신 분들이었습니다. 학교 안에 병설유치원이 있어서 아기들과 함께 생활을 하니 더욱 마음이 포근하고 여유롭기 조차 했습니다. 학교 운동장에 있는 작은 연못에서 물고기들과 식물들과 눈웃음도 나누고 점심때가 되면 운동장을 돌면서 운동도 하고 나이 드신 동네 어르신들과 대화도 하고 복음도 전하면서 행복한 날들을 보냈습니다.

그동안 건강이 좋지 않아서 무척 고생을 했는데 매일 매일이 정말 저에게는너무 행복했습니다. 모두를 사랑하는 마음이 더 많이 생겼습니다.

전근을 오자마자 믿음의 선생님들을 찾아보았습니다. 교무선생님과 남자선생님 한 분 그리고 보건선생님, 특수반 선생님과 보조 선생님, 유치원 원감선생님 등이 계셔서 참 기뻤습니다. 말씀도 나누며 일주일에 한 번씩 방과 후에 신우회 모임도 하였습니다. 특수 보조 선생님께서 아침마다 운동장을 돌면서 믿는 교감선생님이 오시기를 기도했는데 예수 믿는 교감선생님이 오셔서 응답을 받았다고 기뻐했습니다. 저는 이 말을 듣고 하나님께 감사드렸습니다. 어디를 가든지 믿음의 선생님이 있다는 것은 정말 좋았습니다.

신우회 선생님들과 어떻게 하면 아이들에게 복음을 전할까 생각하다가 우리는 아이들이 하교하고 비어있는 특수반에서 일주일에 한 번씩 점심시간에 아이들을 불러 모아 이야기 교실을 열어 전도를 하게 되었습니다. 학교 옆에 있는 교회의 여전도사님께서 오셔서 성경인물들에 대한 이야기도 해 주시면서 복음도 전하셨습니다. 이렇게 우리는 신우회를 통해 더욱 하나님께 가까이 나아가게 되었습니다. 복음을 전하는 일은 정말로 즐겁고 행복했습니다. 복음 전하는 것은 하나님께서 얼마나 기뻐하시는지 더욱 깊이 깨닫게 되었습니다.

열매는 하나님의 때에 하나님께서 맺으실 것이라고 확신합니다.

♥ 그러므로 내 사랑하는 형제들아 견실하며 흔들리지 말고 항상 주의 일에 더욱 힘쓰는 자가 되라 이는 너희 수고가 주 안에서 헛되지 않은 줄 앎이라
— (고린도전서 15장 58절)

대장출혈

82세이신 친정어머께서 몸이 아프셔서 사직동에 있는 시립 병원에서 요양을 하고 계셨습니다. 그때 저는 교감으로 첫 부임지에서 근무하고 있었는데 퇴근을 하면 어머께 가곤했습니다.

그러던 어느 날 믿음 안에서 만난 아우 교장선생님이 언니 교장선생님과 세 사람이 함께 식사를 하자고 했습니다. 아우 교장선생님은 집이 명지였고 언니 교장선생님은 온천장이었습니다. 우리는 간혹 서면에서 모여서 식사도 하곤 했는데 각자의 집이 너무 멀고 또 저는 어머께 가야 하기 때문에 시간이 좀 어렵다고 하니 아우 교장과 언니 교장님이 어머니가 입원해 계시는 병원 가까운 사직동으로 오겠다고 했습니다. 먼 곳에서 두 분이 온다고 해서 거절도 못하고 그러자고 했습니다. 우리 셋은 병원 가까이에 있는 유명한 오리 고기 집에서 모이기로 약속을 하였습니다. 어머께 먼저 가기 위해서 시간도 절약할 겸 사직동에 살고 있는 교무선생님께 퇴근을 할 때에 좀 태워 달라고 부탁을 했습니다. 그런데 교무선생님이 이 말을 듣는 순간 갑자기 매서운 눈으로 저를 노려보며 왜 하필이면 오리고기 집으로 가려고 하느냐고 물었습니다. 오늘 가려고 하는 오리고기 식당은 크기도 하고 맛있다고 소문도 나서 우리 학교에서 전 직원이 몇 번이나 회식도 한 곳이었습니다. 그런데 교무선생님이 "왜? 그 오리고기 식당을 가려고 하세요? 제 친구가 오리고기 먹고 피똥 싸고 죽었습니다. 오리고기 집에 가지 마시고 한정식으로 가세요."라고 말했습니다. 저는 그 말을 듣고도 예사로 생각하고 어머니를 뵌 후에 맛있는 오리고기를 먹으며 즐거운 시간을 보냈습니다.

그 다음날이 수요일이었는데 하루 종일 학교생활도 잘했습니다. 제가 인도하는 권사 기도회를 끝내고 수요 예배가 시작되기 전에 화장실에 갔습니다. 그런데 갑자기 소변과 함께 피가 쏟아지기 시작했습니다. 정말 많은 피를 두 번이나 쏟고 정신이 가물가물 해졌습니다. 제 얼굴이 백짓장처럼 되어 있는 것을 보신 김 권사님이 깜짝 놀라며 남편을 불러 왔습니다. 남편은 저를 태우고 급히 병원 응급실로 갔습니다. 의사선생님은 오리고기에 있었던 작은 뼈가 약해져 있었던 대장 벽을 상하게 해서 피가 흘러서 조금씩 고여 있다가 마침내 피가 배출된 것 같다고 했습니다. 피를 너무 많이 쏟았지만 수혈 수치까지 갔지만 하나님의 은혜로 수혈은 하지 않아도 되었습니다. 링거를 다섯 개씩이나 달고 금식을 하며 2주 넘게 입원을 했습니다.

출근을 해서 교무선생님께 그 전에 말한 오리고기 먹고 출혈을 한 친구에 대해 물어보았더니 교무선생님이 그런 친구도 없고 자기는 그런 말도 한 적이 없다고 하면서 저를 이상한 눈으로 쳐다보았습니다. 저는 깜짝 놀라 뒤통수를 "꽝!"하고 얻어맞은 것 같았습니다. 그러면 그때 교무선생님이 아주 날카로운 눈으로 나를 노려보면서 한 말은 무엇이란 말인가? 참 기가 찼습니다. 그리고 그때서야 비로소 하나님께서 저에게 미리 조심하라고 가지 말라고 말씀 하셨다는 것을 깨닫게 되었습니다. 하나님께서 미리 일러주심을 깨닫지도 못하고 오리고기를 먹어 피를 바가지로 쏟고 고생도 한 것이었습니다. 하나님께서 저를 살려 주심에 그저 감사할 뿐이었습니다. 그때 하나님의 도우심으로 이렇게 간증도 할 수 있음에 고맙고 또 고맙기만 합니다.

♥ 나는 여호와를 향하여 말하기를 그는 나의 피난처요 나의 요새요 내가 의뢰하는 하나님이라 하리니
　　　　　　　　　　　　　　　　　　　　　　　　　　　　　　 — (시편 91편 2절)

병원에서 만난 사람들

제가 대장출혈로 병원에 입원을 했을 때 네 사람을 전도했습니다. 병원 전도는 제가 병원에 검사를 하러 가거나 입원환자 심방 갈 때 그리고 주일에 한 번씩 요양병원에 가서 해 보았지만 입원을 해서 전도한 것은 처음이었습니다. 입원실이 없어서 기다리다가 겨우 간 입원실은 병이 깊은 사람들이 있는 병실이었습니다.

병실에는 아침마다 여전도사님이 오셔서 환우들에게 기도도 해 주시고 전도도 하시고 저에게도 기도를 해 주시고 마음에 위로도 해 주셨습니다.

제 옆의 여자 분은 쉽게 낫지 않은 병으로 입원을 해 있었고 건너편에는 언제 세상을 떠날지 모를 젊은 여자 분이 있었습니다. 옆에 있는 분에게는 가까이 하면서 이야기도 하고 힘든 병원생활도 들어주며 전도를 해서 예수님 영접 기도를 하게 되었습니다.

건너편에 있는 젊으신 여자 분은 매우 심각하셔서 힘든 상태였는데 간병인이 간병을 하고 있었고 가족들은 거의 오지 않았습니다.

건너편 젊은 여자 환자와는 대화도 한 번 나누어 보지 못했지만 전도를 해야겠다는 생각이 들었습니다. 조심스럽게 예수님에 대해 전하고 예수님을 믿어 보시겠냐고 했더니 수월하게 그렇게 하겠다고 했습니다. 예수님이 지신 십자가 보혈을 전하고 영접 기도를 하려고 하는데 그때 마침 여전도사님께서 오셔서 여전 도사님과 함께 그 환자에게 예수님 영접 기도를 하게 했습니다.

여전도사님께서 자기도 몇 번이나 이 분에게 전도를 해 보았 는데 그때마다 자기를 보고 소리를 치며 나가라고 했다고 했습 니다. 그런데 오늘 어찌 된 일인지 예수님을 영접하게 되었다고 말씀하시며 기뻐하셨습니다.

간병인도 예수님을 믿다가 지금은 교회에 가지 않으신다고 하셔서 퇴원을 할 때까지 함께 그 분에게 수시로 찬양도 불러주고 몸치임에도 불구하고 율동도 해 드렸습니다.

퇴원하고 삼일 후에 간병인에게 전화를 했더니 그 분이 소천을 했다고 말씀하셨습니다. 저는 그때 하나님께서는 죽어가는 사 람도 구원 받기를 바라신다는 것을 더 깨닫게 되었습니다. 간병 하시던 그 분도 이후에 예수님께 다시 나아가셨을 것이라고 생각합니다.

아침에 화장실에 갔을 때 할머니 한 분이 창밖을 보시면서 "참 이상하다. 참 이상하다."라고 말씀을 하시고 계셨습니다. 왜 그러시냐고 물었더니 앞의 높다란 아파트를 바라보시면서 지금 이렇게 해가 떠서 밝은데 왜 전기를 저렇게 환하게 캐 놓 았는지 모르겠다고 하셨습니다. 그것은 전기불이 아니고 밝은 태양빛이 아파트 창문에 비치어서 반사 되는 것이라고 말해 드리면서 복음을 전했습니다. 할머니는 간혹 교회를 갔는데 자녀들이 가지를 않아서 지금은 가지 않는다고 하셨습니다. 저는 열심히 복음을 전하고 퇴원할 때 마실 것도 사 가지고 가서 다시 한 번 할머니에게 다짐을 받았습니다. 할머니는 집에 가면 꼭 교회에 가겠다고 약속을 하셨습니다.

　구원은 하나님께 있으니 이 네 분들이 다 예수 믿고 구원 받았으리라 믿습니다. 그리고 영혼구원을 위해서는 때와 장소를 가리는 것이 아니라는 것을 더욱 깨닫게 되었습니다. 지금 죽어가는 영혼도 하나님께서는 구원하시기를 원하신다는 것과 하나님께 복음에 빚진 자는 꼭 그 빚을 갚아야 한다는 것을 더욱 생각하게 되었습니다. 그리고 복음을 전하는 것은 하나님께서 우리에게 주신 사명이기 때문입니다.

♥ 그런즉 그들이 믿지 아니하는 이를 어찌 부르리요 듣지도 못한 이를 어찌 믿으리요 전파하는 자가 없이 어찌 들으리요　　　－(로마서 10장 14절)

채리동산

사랑스러운 아이들과 함께 지내던 시절보다 교감이 되어 해야 할 일들이 저와는 너무 맞지가 않아서 무척 힘이 들었습니다.

두어 달이 지난 어느 날 점심시간에 넘어져서 왼쪽 팔목이 부러져 수술까지 하게 되었습니다.

철심을 박고 1년이란 세월이 흐르고 연휴기간에 쇠를 빼려고 입원을 하기로 한 날 구역예배를 드리고 밤 10시경에 입원실에 갔는데 신기하게도 1년 전 팔 부러져서 입원했던 그 병실 그 자리에 또 입원을 하게 되었습니다.

밤이 늦어서 다들 잠이 들었을 것이라고 생각하며 조용히 들어가니 입원 환자들은 밤이 늦었는데도 잠을 자지 않고 도대체 어떤 사람인데 밤 10시가 지나도 오지 않는 지 궁금해 하며 저를 기다리고 있었습니다. 우리는 늦은 시간이었지만 통성명을 했습니다. 5명 환자 중에 예수님을 믿는 분이 3명이나 되었습니다. 그 중에 한 분이 서서 운동을 하고 있는 젊은 여자 분을 가리키며 아무리 전도를 해도 안 된다고 하시면서 저에게 예수님을 전하라고 하시면서 잠자리에 드셨습니다.

그 분은 지적장애인 보호소를 운영하고 계셨는데 여러 가지로 도움을 주시는 분들 중에서 예수님을 믿는 분들이 항상 자기에게 복음을 전했지만 마음의 문을 열지 못하고 있다고 하셨습니다.

그분이 하시고 있는 지적 장애인 보호소는 정말 사랑이 아니면 경영하기가 힘든 곳이기에 그분이 꼭 예수님을 믿어야 하는 분이라는 걸 깨닫게 되었습니다.

밤이 늦도록 그분에게 복음을 전했는데 그분은 귀를 기울이며 들으시고 다른 분들에게서도 복음을 많이 들었지만 마음을 열지 못했는데 제가 전하는 말씀은 이상하게 잘 들린다고 하시며 마침내 마음의 문을 여시고 예수님을 구주로 영접을 하셨습니다. 할렐루야! 그리고 자기에게 소원이 두 가지 있는데 잘 되었으면 좋겠다고 했습니다.

다음 날 그 분은 두 가지 소원이 신기하게 다 이루어졌다고 기뻐하였습니다. 초신자의 기도를 들으시고 응답하신 하나님께 감사하며 하나님의 은혜라고 말씀 드리고 앞으로의 믿음 생활을 위해 서로 이야기를 나누었습니다.

그 분은 주일날마다 우리 교회 아침 9시 소망부 예배에 지적 장애인들을 봉고에 태워 오셔서 열심히 예배를 드렸습니다.

채리동산을 위해 기도하며 달마다 작은 물질도 후원하고 채리동산에서 만든 천연 비누를 사서 학교방문 사역 때와 지인 여러 분들께 선물로 드리곤 해서 좋은 관계를 유지하고 있었는데 안타깝게도 어떤 사정으로 인해서 그만 원장님과 장애우들은 아예 교회에 오지 않게 되었습니다. 신방도 하면서 원장님의 마음이 하나님께 돌아서기를 권면도 하고 기도도 했습니다.

그러던 어느 날 제가 기도해 주신 덕분에 다시 교회에 출석하게 되었다고 기쁘게 말했습니다. 집이 멀어서 채리동산과 가까운 곳으로 이사를 오게 되었는데 이사를 가시는 분이 이사 온 아파트에서 가까운 교회를 소개해 주서서 가 보았더니 매우 가족적인 분위기이며 정말 좋은 교회라서 열심히 출석하겠다고 했습니다. 교회이름을 듣는 순간 하나님께서 제 기도에 응답하셨다는 것을 알게 되었습니다. 바로 아들 배상익목사가 섬기고 있는 교회였기에 깜짝 놀랐습니다. 하나님께서는 아파트 주위에 많은 교회가 있는데도 저의 기도에 응답 하셔서 배목사가 섬기는 교회로 인도해 주셨습니다. 원장님도 깜짝 놀라며 하나님의 은혜에 감사했습니다. 좋은 열매를 맺게 해 주시고 기도에 응답해 주신 우리 하나님께 감사를 드립니다.

예수님을 전한다는 것은 저의 힘만으로 되는 것이 아니고 전적인 하나님의 은혜임을 더욱 깨닫게 되는 계기가 되었습니다.
하나님께서는 많은 사람을 하나님께 인도하는 사람은 그 이름이 별과 같이 빛난다고 하셨는데 하나님의 나라에 갈 때까지 전도를 하는 것이 저의 꿈이고 소망입니다.
하나님을 뵈올 때 제게 "착하고 충성 된 종아!"라고 불러 주시길 간절히 기대하고 소망합니다.

♥ 지혜 있는 자는 궁창의 빛과 같이 빛 날 것이요 많은 사람을 옳은 데로
돌아오게 한 자는 별과 같이 영원토록 빛나리라   - (다니엘 12장 3절)

어머니의 천국 입성

　12월 어느 날 어머니가 소화가 안 되고 배가 아프시다고 해서 명희동생과 함께 어머니를 모시고 늦은 밤에 병원에 가게 되었습니다. 어머니는 차를 타시면서 "내가 췌장암일거다."라고 말씀을 하셨습니다. 저와 동생은 어머니의 이 말씀에 당황스러워서 설마하고 생각했는데 검사결과 췌장암이며 5개월 밖에 못 사신다고 했습니다.

　어머니는 81세셨는데 80세에 이모들과 중국 황산에 갈 정도로 건강하셨습니다. 목소리도 낭랑하셔서 우리 자매들은 100세까지 사실 것이라고 늘 말했습니다. 우리는 의사선생님의 말이 믿기지 않았습니다. 어머니는 서울에 가서 치료를 했지만 결국에는 낫지가 않아서 또 다시 입원을 하시게 되었습니다. 건강하실 때도 조금만 아파도 참기 힘들어하셔서 저는 어머니가 병이 나신 이후부터 암 중에서도 가장 고통이 심하다는 암이라서 '더 오래 사시게 해 주세요.'가 아니라 '아프지 않고 살다가 하나님 나라에 가시게 해 주세요.'라고 늘 기도했습니다. 병이 나신 다음에도 어머니는 언제나 맑은 정신으로 말씀도 잘 하시고 잘 걸어 다니셨습니다. 소천하시기 전 날에도 스스로 목욕 하시고 제가 만들어다 드린 토마토 주스도 잘 드셨습니다.
　입원하기 전 날 어머니의 손을 잡고 병원 안을 걸으며 쇠를 빼고 오겠다고 말씀 드렸을 때도 어머니는 전혀 돌아가실 분으로 보이지 않았습니다.

학교에서 넘어지는 바람에 왼쪽 팔목을 부러뜨려 팔목에 쇠를 박은 지 꼬박 1년이 지나고 연휴가 계속 된 5월 어느 날 드디어 쇠를 제거하는 수술을 하게 되었습니다. 학교에 누를 끼치기 않으려고 연휴를 끼워서 병가를 얻었습니다.

제 수술 준비를 하던 간호사가 팔목에 링거 바늘을 꽂은 순간 갑자기 바늘이 저절로 툭 빠져 나와서 환자복과 이불에 온통 피가 튀고 말았습니다. 간호사와 저는 깜짝 놀랐습니다. 그때 갑자기 이상하게도 어머니가 돌아가실 것 같다는 생각이 들어서 수술하면서도 마음이 편하지 않았습니다. 의사선생님은 진정제를 놓았는데도 제 심장박동이 너무 빠르다고 하시며 들려 주셨는데 제 심장은 방망이 보다 더 큰소리로 쿵쿵쿵 뛰었습니다.

수술을 마치자 말자 동생들과 이모들께 전화를 해서 내일 일찍 어머니에게 가라고 말했습니다. 그 다음날은 휴일이었기 때문에 형제, 손녀, 손자, 이모들 모두 일찍부터 어머니께 갔습니다. 저도 가 퇴원을 해서 급히 어머니께 갔습니다. 엊그제까지만 해도 정신이 맑았던 어머니가 의식이 없었습니다. 교회에서 친한 장로님 부부와 목사님, 전도사님이 오셔서 임종예배를 드렸습니다. 저는 동생 간병인과 함께 어머니 옆에 서서 계속 찬송을 불렀습니다.

어머니의 얼굴은 너무나 평온해 보였습니다. 간호사들이 들락

날락하며 어머니의 맥을 짚어 보고 청진기로 대어도 보면서 이상하다고 했습니다. 심장은 멈추었는데 머리가 아직 멈추지 않았다고 하면서 혹시나 오지 않은 가족이 있는지 물어서 청도에 있는 동생이 아직 오지 않았다고 하니 동생에게 전화해서 어머니의 귀에 대어 주라고 했습니다.

성희 동생이 전화를 통해 어머니의 귀에 "엄마!"라고 두세 번 부르고 나니 간호사들이 이제 소천하셨다고 말했습니다.

명희 동생은 어머니가 임종을 하셨는데도 꼭 잠을 자고 계신 것 같다고 했습니다.

제 기도에 응답하셔서 어머니는 암 중에서도 최고로 아프다는 췌장암이었는데도 작은 패치만 붙일 뿐 독한 주사도 한번 맞지 않으시고 평안하게 계시다가 하나님 나라에 가셨습니다.

어머니의 소천을 미리 알게 하셔서 이모들, 자녀들, 손자손녀들 모두 모인 가운데 복된 소천을 하셨기에 지금도 생각하면 하나님의 은혜에 너무나 감사하기만 합니다.

5월 28일 정말 따스한 봄날, 하나님의 나라에 가신 어머니를 생각하면 늘 좀 더 잘해 드릴 걸 하고 후회하는 마음이 들어서 가슴이 아파 옵니다. 어머니는 제가 학교를 퇴직하면 넉넉한 시간을 갖고 저와 여행을 하고 싶어 하시며 큰딸이 학교를 퇴직할 때까지 건강하게 살아야 한다고 늘 말씀하셨습니다. 저도 학교를 퇴직하면 어머니를 우리 집에서 모시고 더 늙으셔서 잘 못 걸으시면 어머니의 손을 잡고 다녀야지 하고 늘 생각했습니다.

어머니와 제 꿈은 이루어지지 않았지만 어머니가 평안하게 소천하셨기에 나는 정말 기뻐서 하나님께 진심으로 감사드렸습니다. 남편은 저에게 늘 어머니를 잘 모셨다고 하면서 어머니는 정말 좋은 봄날에 행복하게 천국 가셨다고 말을 하곤 합니다.

♥ 나의 생전에 여호와를 찬양하며 나의 평생에 내 하나님을 찬송하리로다
— (시편 146편 2절)

아파트에서 새소식반을

동부교육청 관할 학교에서 20년 이상 근무를 하면 북부교육청으로 청간 전보를 해야 했기에 지금 살고 있는 아파트 바로 밑에 있는 학교로 전근을 오게 되었습니다.

그때 북부교육청 학교에서 전근 온 여선생님이 이 학교로 전근을 가라고 자꾸 권했습니다. 학교도 근무하기 좋고 옆에 아파트가 비싸지도 않아 전세로 살기 좋다고 했습니다. 그리고 그 학교 주위에 살고 있는 여동생이 살기도 좋고 교통도 좋다고 하면서 자꾸 권해서 가려고 한 학교를 포기하고 제가 복음을 전해서 이제 막 예수님을 믿게 된 안 선생님과 함께 전근을 오게 되었습니다.

5학년을 담임했는데 수업시간 수도 많고 연산동에서 출퇴근을 하려니 몹시 지쳐 운전을 하다가 졸기가 부지기수였습니다. 그래서 남편에게 학교 옆 아파트로 전세를 오자고 하니 남편은 농촌에서 자랐고 결혼해서는 일반 주택에만 살았기에 아파트는 갑갑하고 사람이 살 곳이 못된다고 말했습니다.

두 달쯤 되니 정말 힘이 들었습니다. 졸면서 운전하는 것을 알고 남편은 마침내 아파트로 이사를 가자고 했지만 도무지 아파트 전세가 나오지 않았습니다. 기다리고 기다리면서 하나님께 '이사를 오게 해 주시면 아파트에서 토요일마다 새소식반을 하겠습니다'라고 기도했습니다.

그렇게 기다리던 어느 날 남편이 "기다려 봐 하나님께서 14층 43평을 주실거야."라고 했습니다. 정말로 6월 6일 우리는 마침내 14층 43평으로 이사를 오게 되었습니다. 일반 주택에 살 때는 추운 겨울에 퇴근하고 오면 저녁도 하기 싫었는데 아파트는 따스하고 너무 좋았습니다. 하나님께 약속한 대로 토요일마다 아이들을 집으로 불러 모아 새소식반을 하게 되었습니다.

안 선생님과 저는 반 아이들과 놀이터에서 놀고 있는 아이들을 불러 왔습니다. 아이들은 43평 우리 집 마루가 가득 차도록 왔습니다. 기쁨으로 저와 안 선생님은 아이들이 먹을 간식과 빵도 만들었습니다. 어떤 학부모님은 아이들에게 주라며 간식도 보내 오셨습니다. 아이들이 가고 나면 어지러워진 집을 치우면서 힘은 들었지만 너무 행복하고 기뻤습니다.

주일마다 아이들을 제가 섬기는 교회에 데리고 가서 초등부 예배도 드렸습니다. 그러다가 섬기는 교회가 너무 멀어서 아침 일찍부터 전화를 해서 학부모님들께 아이들을 깨워서 보내 주십사고 매 주일마다 부탁하려니 죄송해서 집 가까이에 있는 교회에 더 많은 아이들을 데리고 가서 예배를 드렸습니다. 목사님도 교사들도 초등부가 부흥 되었다고 너무 기뻐하셨습니다.

예배를 드린 후에 아이들을 각자의 집으로 데려다 주고 저는 섬기는 교회에 예배를 드리러 갔습니다. 정말 행복한 시절이었습니다.

전근을 가자마자 학년부장선생님께서 제게 아들이 있으니 미혼 여선생님들 중에 며느리 감을 한 사람 고르라고 하시면서 이 선생님을 추천하셨습니다.

　회식을 하러 갔을 때 어떤 부장님께서 "우리 학교에 처녀 선생님 중에서 전부장님과 같은 교대를 졸업하고 예수님을 믿는 아주 성실하고 착한 이 선생님이 있습니다."라고 말씀 하셨습니다. 처음 본 이 선생님은 싹싹하고 밝고 무척 인상이 좋았습니다.

　며칠 뒤 이 선생님이 "새소식반을 하고 싶은데 장소가 없습니다."라고 했을 때 저는 바로 "우리 집에서 합시다."라고 말을 했습니다. 전임 학교에서 새소식반을 할 때 힘들어하니 하나님께서 주위에 있는 교회 부목사님이 오셔서 말씀을 전하게 하셨는데 이번에는 말씀을 전할 든든한 동역자로 이 선생님을 보내신 것이었습니다.

　이 선생님과 큰아들의 자연스런 만남이 이루어져 결혼하게 되었습니다. 새소식반을 꾸준히 한 제게 믿음 좋고 마음씨도 곱고 착한 이 선생님을 며느리로 선물주신 하나님께 감사드립니다. 오랜 세월이 흐른 지금도 그 생각에는 변함이 없습니다.

　함께 새소식반을 한 안 선생님께도 하나님께서 큰 선물을 주셨습니다. 헤어져 중국에서 일하시던 남편과도 함께 살게 되었고 딸은 부부의사로 믿음생활도 잘하게 되었고 아들에게도 손가락을 꼽는 회사에 취업을 하게 하시고 공립유치원교사를 만나 아들, 딸을 낳고 행복하게 잘 살게 해 주셨습니다.

하나님의 일을 하면 절대로 공짜가 없습니다. 더 많은 것으로 채워 주십니다. 그리하지 아니 하실 지라도 우리는 하나님의 일을 해야 합니다. 우리는 하나님의 자녀이며 군사이기 때문입니다. 지금도 그때를 생각하면 마음이 행복하고 따스해집니다.

♥ 운동장에서 달음질하는 자들이 다 달릴지라도 오직 상을 받는 사람은 한 사람인 줄을 너희가 알지 못하느냐 너희도 상을 받도록 이와 같이 달음질 하라
　　　　　　　　　　　　　　　　　　　　　　　　　　 – (고린도전서 9장 24절)

자녀는 내게 맡겨라

연산동에 살 때 금요일 밤마다 기도회에 가서 기도를 드렸습니다. 집에서 가깝기 때문에 거의 빠지지 않고 기도를 하러 갔습니다.

그러던 어느 날 목사님께서 설교 중에 갑자기 저를 바라보시면서 "자식은 하나님께 맡기고 너는 너 할 일이나 해라."라고 하셨습니다. 기도회가 마친 후에 목사님께서 설교 중에 왜 그런 말을 했는지 모르겠다고 하셨습니다. 저는 처음 학교를 발령받자마자 열심히 해서 꼭 승진을 해야겠다고 생각하며 수업연구대회, 학예발표대회, 학습지도안 대회에도 나갔고 교대 실습생도 맡아 정말 숱한 일들을 했습니다. 주위 선생님들과 동기들이 제가 제일 먼저 교감이 될 것이라고 말했습니다. 그리고 또 하나의 꿈은 작가가 되는 것이어서 시화전도 하고 전국지에 글도 실었습니다.

이 두 가지가 가장 이루고 싶은 꿈이었습니다. 친구들은 저에게 "승진을 할 생각은 말고 시인이 되어 등단하고 멋있게 살아라."라고 했습니다. 그런데 예수님을 만나고 나니 예수님이 너무 좋아서 이루고 싶었던 두 가지 꿈을 버리고 오직 예수님만 열심히 믿겠다고 약속을 드렸습니다. 그런 후 열심히 아이들과 학부모님들께 복음도 전하고 새 소식반도 하며 또 예수님의 말씀대로 뇌물을 받지 말자고 생각하며 부모님들께서 베푸시는 호의도 받지 않고 열심히 예수님만 섬겼습니다. 그런데 금요기도회에서 목사님이 "자식은 하나님께 맡기고 너는 너 할 일이나 해라." 라고 하신 말씀은 하나님께서 승진을 하라고 하시는 것인가 보다고 생각하고 그때부터 승진을 위하여 열심을 내게 되었습니다.

어느 날 새벽기도를 드리러 가는 교회 부흥회에 참석하여 안수를 받게 되었습니다. 부흥강사님이 제 머리에 손을 얹으시자 말자 딱 한 말씀만 하셨습니다. 예전에 하나님께서 저에게 하셨던 말씀을 다시 하신 것이었습니다. "자식는 하나님께 맡기고 너는 너 건강이나 돌봐라."하고 말씀하셨을 때 저는 자식이 우상이 되어 있었는가보다는 생각이 들었습니다. 교감을 끝으로 40여년이 넘는 교직생활을 했습니다. 그리고 세상 글은 쓰지 않겠다고 약속했기에 이렇게 하나님께서는 베풀어 주신 은혜를 간증으로 쓰게 하셨습니다. 지금도 이 두 가지 말씀이 저에게 정말 필요한 말씀이라는 걸 절실하게 깨닫고 있습니다.

하나님의 말씀은 언제나 현재형이십니다. 하나님께서 인생이 칠십이요 강건하면 팔십이라고 하셨는데 벌써 칠십 입문도 넘어서게 되었습니다. 배상익 목사와 배수현 이 두 아들을 위해 정말 더 간절한 기도가 필요합니다. 그래서 저는 지금도 하나님께서 자식은 하나님께 맡기고 너는 너 할 일이나 하고 너 건강이나 돌보라고 하셨으니 하나님께서 두 아들을 책임져 주십시오. 제가 처음 예수님을 만났을 때 너무 행복해서 "큰아들은 주의 종이 되게 하시고 작은 아들은 물질로 주님 일하게 해 주십시오."라고 기도했습니다. 매일 매일을 간절하게 기도하는 저의 소원을 하나님께서는 반드시 응답해 주시리라 굳게 믿고 기도합니다. "큰아들 신실한 종이 되게 하시고 작은 아들 사업을 축복해 주십시오."라고 기도합니다. 그리고 병원과 약값으로는 십 원도 쓰지 않고 오직 하나님 선한 일에만 쓰임 받기를 간절히 기도합니다.

하나님은 어제나 오늘이나 언제나 동일하십니다. 아멘!

♥ 네 길을 여호와께 맡기라 그를 의지하면 그가 이루시고 네 의를 빛 같이
   나타내시며 네 공의를 정오의 빛 같이 하시리로다   - (시편 37편 5, 6절)

잡사입니다

저는 새 학년 3월이면 전근 오신 선생님들께 "예수 믿습니까?" 하고 물어봅니다. 그리고 예수 믿는 선생님들과 한주에 한번 방과 후에 신우회 모임을 했는데 우리들은 시간이 가는 줄도 모르고 은혜를 나누곤 했습니다. 함께 떡도 때면서 하나님의 사랑을 나누었습니다. 그런데 제가 신우회를 하자고 하면 선생님들께서 한결같이 "권사님이세요?"하고 물었습니다. 저는 그때마다 "죄송합니다. 저는 잡사입니다"라고 대답을 하곤 했습니다.

어느 날 우리 교회 여집사님이 자기 아들이 "전집사와 엄마는 외모로 보아 새침하면서 좀 차갑게 보여서 권사가 되기는 텃어요." 라고 말했다고 했습니다. 예수 믿기 전에 사람들에게 가까이 가지도 않고 보기 싫은 것을 참지 못하는 제게 어떤 교장선생님은 군인이 되면 좋을 뻔 했다고 말씀하시기도 했습니다. 그리고 다른 교장선생님께서는 마른 막대기 같다며 막대기는 부러진다고 말씀하실 정도로 칼 같은 성질로 잘못된 것은 그냥 넘어가지를 않았습니다. 그래도 예수 믿고 비록 성도님들에게 악수를 하고 어깨도 안아주고 하는 그런 성격은 못 되었지만 하나님께서 서로 사랑하라고 하셨기에 성도님들께 사랑하는 마음으로 대했다고 생각했는데 아직은 제 겉모습과 속마음이 은혜롭지 않았나 보다고 생각했습니다.

심지어 어떤 권사님은 처음 저를 보고 '저런 사람도 예수를 믿나?'라고 생각했다고 했습니다. 예수 믿고 많이 달라졌다고 생각했는데 속사람은 변화를 경험했는데 겉 사람은 여전히 딱딱해 보였나 봅니다. 그래서 저는 별로 권사가 될 생각도 없었고 남 앞에 나서지도 않았습니다. 조용히 초등부 교사와 찬양대만 섬기고 있었습니다.

학교 신우회를 조직 할 때마다 선생님들께서 자꾸 권사님인가 물어서 신우회 선생님들께 미안하기도 했습니다. 그리고 자꾸 집사라고 자신을 소개하기도 부끄러웠습니다.

그러던 중에 교회 여전도회 회장을 맡게 되었는데 회원 한 사람 한 사람이 너무나 귀하게 여겨지고 사랑하는 마음이 생겨서 '아! 이것이 성도간의 사랑이구나'라고 생각하게 되었습니다. 지금에 와서 생각해보면 뒤에 숨어있는 저를 성도들에게 소개 하기 위한 하나님의 계획이라고 생각합니다.

학교 신우회를 생각하며 하나님께 '신우회를 조직하려니 선생 님들이 자꾸 권사냐고 물으시는데 매번 집사라고 소개하기도 쑥스럽습니다. 제가 권사가 되게 해 주세요' 라고 처음으로 기도 했습니다.

정권사는 언제나 자기와 함께 권사 퇴임을 하자고 말했지만 권사가 될 확률이 적었기에 마음에 두지 않았는데 하나님께서 부족한 저를 권사로 세워 주셨습니다.

그날 성도님들이 "이번에 권사 뽑힌 전경희라는 사람은 누구야?"하고 말했습니다. 부끄러움을 무릅쓰고 "제가 전경희입니다." 그리고 "배주은 할머니입니다."라고 했더니 "아! 주은이 할머니십니까?"하고 말했습니다. 두 살 된 손녀 주은이보다 더 저를 모르는 사람이 많은 것 같았습니다.

학교 신우회 조직 때도 퇴직 후에 학교방문 사역을 하면서도 더욱 알게 되었습니다. 이 사역에 죽도록 충성하라고 하나님께서 권사의 직분을 주신 것이었습니다.

참 감사합니다. 우리 하나님께 경배와 영광을 올려 드립니다.

♥ 소망의 하나님이 모든 기쁨과 평강을 믿음 안에서 너희에게 충만하게 하사 성령의 능력으로 소망이 넘치게 하시기를 원하노라 – (로마서 15장 13절)

한글학교 교사가 되어

　학교를 퇴직 한 후 곧바로 저의 달란트를 하나님께 드리기 위해 어르신들을 위한 교회 한글학교 교사로 봉사하게 되었습니다. 처음 시간 교제를 보니 복음을 전하기는 조금 약한 것 같아서 한글학교에 교사로 오래토록 봉사하시는 권사님 두 분을 모시고 식사를 하면서 "부족하지만 교과서는 제가 다시 만들겠습니다."라고 말씀을 드렸습니다.

　저는 기도하며 복음이 담긴 교과서를 만들기 위해 기독서점도 가보고 이모저모로 애를 썼습니다. 그러던 어느 날 한국교육자선교회 임원 비전캠프에 참석하게 되었는데 그곳에서 서울에 계신 선생님이 반 아이들에게 복음을 전하기 위해서 만든 성경 말씀이 담긴 책을 소개하였습니다. 그 순간 '저는 바로 저거다!'라는 생각과 하나님께서 저의 고민을 해결해 주셨다는 것을 깨닫고 너무 기뻤습니다.

　한글학교 교과서는 총 다섯 권이었는데 제일 초보 내용은 지방회 정목사님의 도움으로 만들었고 나머지 네 권은 임원캠프에서 받은 전도책자로 만들었습니다. 세 분에게 부탁해서 컴퓨터로 쳐서 기초를 만들고 교정을 보았습니다. 그리고 페이지마다 여백에는 어려운 단어와 문장의 해석을 넣고 그림도 넣었습니다. 표지도 아름답게 칼라로 인쇄를 하여 멋진 다섯 권의 책이 완성 되었습니다. 이 책으로 공부를 하니 복음을 전하기도 쉽고 예수님 이야기하기도 너무 좋았습니다.

　그러던 어느 날 선교사님이 태국에서 한글학교를 하려고 하는데 교재가 필요했는데 한글학교 교제를 보니 딱 좋으시다면서 도움을 청해 왔습니다.
　이렇게 만들어진 책을 선교지에서도 쓰이게 해 주시고 어르신들께 복음을 마음껏 전하게도 해 주신 하나님의 은혜에 감사와 찬양을 올립니다.

♥ 나의 하나님이 그리스도 예수 안에서 영광 가운데 그 풍성한 대로 너희
　모든 쓸 것을 채우시리라　　　　　　　　　　- (빌립보서 4장 19절)

이번에도 남편이

집과 땅을 팔아서 개척교회에 헌금하고 금정구에 있는 아파트 32평을 샀습니다. 우리가 살고 있는 아파트는 오래 된 서민 아파트인데 새로 산 아파트는 지하철 1호선 교통도 좋고 새로 지은 아파트여서 참 좋았습니다. 달세를 받을 때마다 부자가 된 것 같아서 마음이 흐뭇해졌습니다. 살던 사람들이 이사를 간다고 했을 때 마침 우리도 돈이 필요해서 5년 만에 팔기로 했습니다. 우리나라 경제가 어려워지기 시작한 때여서 싸게 팔려고 해도 매매가 잘 되지 않았습니다. 중개인들이 전세를 놓으라는 했지만 저 혼자 날짜를 정해 놓고 그때까지 팔리게 해 달라고 하나님께 막무가내로 기도를 하며 떼를 썼습니다. 열심히 기도하며 매매가 되기를 손꼽아 기다렸지만 팔리지 않아서 실망도 하였습니다. 하나님께서 분명히 팔리게 해 주실 것이라고 굳게 믿고 있었는데 아파트는 팔리지 않은 채 그렇게 허망하게 날짜는 가 버리고 전세금을 내어 줄 날이 가까워 왔습니다.

전세금을 내 주어야 하는 막바지의 어느 날 묵묵히 있던 남편이 저에게 몇 월 며칠까지 하나님께서 팔게 해 주실 거라고 말했습니다. 남편이 말 한 그 날 저녁 4시 즈음에 교회 권사님과 집사님과 함께 점심을 먹고 이야기를 나누고 있었는데 남편이 그 집이 팔렸다고 알려 왔습니다.

하나님께서 남편의 말 한마디에 바로 응답해 주신 것이었습니다. 지금 살고 있는 아파트로 이사를 올 때도 하나님께서 남편의 말대로 14층 43평을 주셨는데 이번에도 남편의 말대로 아파트를 팔리게 해 주신 것입니다.

우리는 정말 감사하며 기도했습니다.

터를 팔아서 헌금한 물질로 교회를 개척하신 목사님께서 은퇴를 앞두고 말씀하셨습니다. 그 때 개척을 하려고 할 때 물질이 없어서 막막했는데 우리가 드린 물질로 교회를 개척 할 수 있었다고 말씀하셨습니다. 그 때도 남편이 반대했더라면 헌금을 할 수 없었는데 하나님의 은혜로 드릴 수 있었던 것입니다.

하나님께서는 남편의 기도를 잘 들어 주십니다. 하나님께서는 집의 가장에게 축복권을 주셨기 때문에 언제나 집의 가장이 바로 서기를 바라신다는 것을 더욱 깨닫게 되었습니다.

♥ 구하라 그리하면 너희에게 주실 것이요 찾으라 그리하면 찾아낼 것이요 문을 두드리라 그리하면 너희에게 열릴 것이니   – (마태복음 7장 7절)

눈 밭 위에 계신 예수님

제부와 성희동생이 연산동 집에 올 때마다 예수님을 전했지만 우리는 듣는 둥 마는 둥하며 동생 부부가 가고 나면 왜 자꾸 예수 믿으라고 하는지 모르겠다며 짜증을 내곤 했습니다.

그러던 어느 날 동생이 섬기는 교회 밑에 좋은 터가 있다는 말에 귀가 솔깃해서 노포동을 지나고 경상남도에 속하는 임기 마을 교회가 있는 산에 터를 보러 갔습니다. 그 날 동생이 섬기는 교회의 담임전도사님을 만나게 되었습니다. 우리 부부에게 차를 대접하며 복음을 전하시고 주일날 꼭 한번 교회에 오라고 부탁을 하셨습니다. 담임전도사님의 친절한 초대에 거절을 할 수가 없어서 우리는 다음 주에 교회에 오겠다고 약속을 하였습니다.

다음 주에 교회에 가니 많은 교우들이 우리에게 말했습니다. 동생 부부가며칠간이나 밤이 늦도록 기도를 하고 있었던 이유가 형부와 언니의 영혼 구원을 위해서 기도 했는가 보다고 했습니다. 우리가 전도사님을 만나고 간 후 다음 주에 꼭 오기를 바라며 하나님께 간절히 기도를 한 것이었습니다. 남편은 철저한 유교 집안에서 자랐기 때문에 한 번도 교회에 간 적이 없었는데 전도 사님의 말씀 한 마디에 교회를 간 것은 동생 부부의 간절한 기 도에 하나님께서 응답 하셔서 우리를 부르신 것이라고도 생각 합니다.

두세 번 교회에 출석을 했을 때 이상하게 남편이 자꾸 두통이 생긴다고 했습니다. 그리고 저는 밤에 잠이 잘 오지 않았습니다. 우리는 교회에 가서 그런가 보다면서 앞으로는 교회에 가지 말자고 했습니다.

두어 주를 빠지고 나니 담임전도사님께서 우리 집을 방문하셔서 교회에 가지 않은 이유를 들어 보시고 집 안을 죽 둘러보신 후에 호랑이 액자를 떼어 버리고 '눈물을 흘리며 씨를 뿌리는 자는 기쁨으로 거두리로다'(시편 126편 5절) 하나님의 말씀 액자를 걸어놓으셨습니다. 그 이후에 거짓말 같이 남편은 머리가 아프지 않았고 저는 잠도 잘 왔습니다. 심방을 오신 전도사님께 죄송하기도 해서 다시 교회를 출석하게 되었고 이렇게 우리는 구원을 받게 되었습니다.

성도들 중에 직장은 부산인데 교회를 섬긴다고 교회 앞에다 집을 얻어 살고 있는 부부가 있었습니다. 남편과 제가 초신자라고 주일 오후 예배 후에는 언제나 자기 집으로 우리를 초청해서 맛있는 음식을 대접하였습니다. 그 때 저는 지독하게 까다로운 성격이어서 음식을 해 주어도 잘 먹지도 않고 감사도 드리지 않았습니다.

이후에 황권사가 그때 제가 너무 까다로워서 대하기가 너무 힘들고 마음이 쓰였다고 했습니다. 지금에 와서 생각하면 정말 죄송하고 미안하기만 합니다.

저는 그분들이 언제나 주일마다 음식을 대접했기에 '살기가 괜찮은가 보다'라고 생각했습니다. 이후에 알고 보니 그때 그

부부의 생활이 가장 어려울 때였다고 했습니다. 그 집을 방문하면 황권사는 언제나 예수님을 전했지만 저는 시큰둥하게 대답도 하지 않았습니다.

그러던 어느 주일 오후 그 댁에 갔을 때 황권사가 또 예수님을 전했습니다. 예수님에 관심이 없어서 무심코 고개를 돌리다가 그 집 벽에 걸려 있는 액자를 보고 "예수님 얼굴이네."라고 했더니 권사님이 깜짝 놀라며 자기는 예수님의 얼굴을 여러 날이 걸려서 보게 되었는데 단번에 예수님 얼굴이 보인다고 하니 신기해하며 이래도 예수님이 계심을 믿지 않느냐고 했습니다. 예수님이 보이지 않아서 보게 해 달라고 기도하는 성도도 있다고 했습니다. 저는 '참 이상하다. 저렇게 예수님 얼굴이 또렷하게 보이는데?' 라고 생각을 했습니다.

저는 이 일을 계기로 믿음을 갖게 되었습니다. 주일 아침 두 아들과 함께 교회에 갈 때 지하철과 버스정류장에 알록달록 형형색색의 등산복을 입고 있는 사람들을 보며 "우리도 저런 날들이 있었지! 지금 이렇게 교회에 가는 것이 참 감사하다."고 남편과 저는 말했습니다.

살아계신 하나님께서 우리 가족을 택하시고 불러 주심에 더욱 감사하게 되었습니다.

그 때 우리를 극진히 대접한 분들이 지금은 장로와 권사가 되셨지만 장로님은 남편과 나이가 같고 부인 권사님은 저와 나이가 같았습니다. 그래서 33년이 지난 지금까지 예수님 안에서 만난 형제와 자매 그리고 믿음의 동역자로 잘 지내고 있습니다.

♥ 내 형질이 이루어지기 전에 주의 눈이 보셨으며 나를 위하여 정한 날이
하루도 되기 전에 주의 책에 다 기록이 되었나이다 - (시편 139편 16절)

하나님께서 잡으신 핸들

잊을 수 없는 2019년 4월 1일.

새벽기도를 가면서 남편이 "오늘이 우리 결혼 47주년이네." 라고 말했습니다.

학교 방문 사역을 위해 4월 1일 결혼기념일 날 금정구 도시고속도로에 가까운 곳에 있는 학교를 방문해서 교장선생님과 선교회 담당목사님, 동래회장님과 함께 학교 선교를 위해 이야기를 나누고 집으로 가기 위해 도시고속도로를 올랐습니다. 집까지 가는 길은 번영로로 올라서 고불고불 위험한 길을 지나고 여러 개의 터널을 지난 후 큰 컨테이너들이 많이 다니는 부두 길로 내려서 수정산 터널을 타고 동의대 사거리와 백병원 사거리를 지나서 가야 하는 길은 위험이 따르기 때문에 정신을 바짝 차려야 합니다. 시간도 많이 걸리는 길이었습니다. 그런데 운전을 하고 10분쯤 지나서 갑자기 졸음이 오기 시작했습니다. '왜 이렇게 잠이 올까?' 생각하며 양 볼을 때리면서 "하나님! 너무 잠이 옵니다."라고 말한 것은 기억이 나는 데 이후로는 아무것도 생각이 나지 않았습니다. 완전히 제 머리의 필름이 끊어진 것이었습니다.

'여기가 어디지?' 하면서 정신을 차렸을 때 차는 백병원 사거리

신호를 받고 서 있는 상태에서 앞 차와 100미터 쯤 떨어진 거리를 두고 앞으로 스르르 움직이고 있었습니다. 정신을 차린 저는 신호대기 하고 있는 앞 차 뒤에 차를 갖다 대며 지금 이 상황을 말로 표현 할 수가 없었습니다.

하나님께서는 얼마나 섬세하신지 앞 차와의 거리도 띄워 차를 세워 놓으셔서 당황치 않고 마음의 여유를 가지며 앞차와 거리도 조절할 수 있었습니다.

제가 만일 졸음 운전상황이 0.0000… 1%라도 생각이 난다면 제 힘으로 여기까지 운전해서 왔다고 생각 할 것입니다. 누가 저의 이 마음을 알아줄 수 있겠습니까? 아마도 이 세상에서는 아무도 없을 것입니다. 오직 하나님과 저만이 알 것입니다. 남편도 그 상황을 이해하지 못한 채 졸음운전을 했다면서 저를 나무랐습니다.

저는 학교를 퇴직 하면서 '하나님! 남은 여생을 남편과 미자립교회, 농촌교회, 개척교회에 찾아가는 전도 여행을 하면서 살게 해 주세요'라고 언제나 하나님께 기도 드렸습니다.

그리고 시아버지와 친정어머니를 제가 기도 한 대로 천국으로 모시고 가는 것을 보고 죽음 기도는 정말 필요하다는 것을 알게 되었습니다. 그래서 어머니의 소천 이후 언제나 "남편을 저보다 6개월 먼저 데리고 가시고 2~3일 준비 할 시간을 주세요. 저는 하루만 시간을 주시고 이렇게 기도 할 때 데리고 가 주십시오. 하나님께서 주신 중보기도의 사명을 알고 있사오니 제가 기도를 쉬는 죄를 범하지 않게 해 주십시오."이렇게 늘 기도를 했습니다.

2019년 4월 1일 저를 천국으로 데리고 가셨다면 저의 기도는 끝이 났을 것입니다. 지금도 새벽미명에 기도하셨던 예수님의 본을 받아 오늘도 쉬지 않고 이렇게 기도합니다.

하나님이 주시는 '절대 믿음, 절대 평안, 절대 감사, 절대 기쁨, 절대 순종으로 살게 하시고 세상에는 담대함을 이웃에게는 사랑을 자신에게는 절제를, 하나님 한 분만으로 만족하게 하시고 하나님의 뜻보다 제 생각이 앞서지 않게 하시고 제 삶의 첫 번째는 늘 하나님이시게 하소서'

2019년 4월 1일 이후의 삶은 하나님 나라에 갈 때까지 결코 잊지 않고 덤으로 얻은 삶이라 생각하며 감사하며 살아갈 것입니다. 지금도 그때를 생각하면 가슴이 벅차오릅니다.

나의 주님! 사랑하고 감사합니다.

♥ 여호와의 눈은 온 땅을 두루 감찰하사 전심으로 자기에게 향하는 자들을 위하여 능력을 베푸시나니 　　　　　　　　　　 — (역대하 16장 9절)

제 4부

공주도 시장바구니를

사람의 일과 마음은 정말 예측하기 어렵습니다. 평소에 교회 가까이에 있는요양병원 앞을 지날 때마다 학교를 퇴직하면 전도를 와야겠다고 생각했습니다. 제가 대장출혈로 병원에 입원했을 때 하나님께서는 영혼을 사랑하시고 구원 받기를 원하셔서 죽어 가는 영혼도 구원 받고 하나님 나라에 오기를 바라신다는 것을 그때 더욱 알게 되었습니다. 그래서 더 요양병원 전도를 꼭 해야겠다는 생각을 갖게 되었습니다.

마침내 학교를 퇴직 하자마자 금요일마다 2층부터 9층까지 많은 병실을 다니며 힘든 줄도 모른 채 기쁘게 복음을 전하게 되었습니다. 병원 전도는 특수전도라고 말해도 될 것 같습니다. 날이 흐리면 냄새도 많이 나고 보기만 해도 힘이 드는 환자들이 계셔서 어떤 자매들은 머리가 어지러워 구토를 하며 병실 밖을 빙빙 돌다가 다시는 오지 않았습니다. 함께 병원 전도를 하고 있는 정권사는 환자와의 접촉성 피부염 때문에 고생도 많이 했습니다.

한 달에 한 번씩 담당목사님이 오셔서 말씀도 전하시며 예배를 드렸습니다. 그리고 성탄축하 예배 때에는 선극도 하며 여러 가지 프로그램을 만들어서 섬겼습니다. 모두가 예수님을 믿고 천국을 가시길 기도하며 열심히 전도를 했습니다.

"전권사가 이렇게 과자가 가득 든 시장바구니를 끌면서 다닐 줄 누가 알았겠어요?"

최집사님은 제게 이렇게 말했습니다. 우리 교회의 지체들과 저를 아는 모든 사람들이 언제나 저를 "공주!"라고 불렀습니다. 그러나 저는 40년 넘는 학교생활을 통해 아이들이 토하는 것, 피 흘리는 것, 교실에서 대소변 하는 것들을 많이 보고 또 치워도 보았기 때문에 이런 일들에 대해 거부감을 느끼지 않았습니다. 선생님들께서 깜짝 놀라 피하셔도 저는 담담하게 아이들의 뒤치다꺼리를 했습니다. 교감이 되었을 때 보건선생님과 담임 선생님도 피하는 학생 머리에 있는 이도 잡았습니다. 이 모든 것이 병원 전도에 경험이 되었음을 정말 감사하기만 합니다. 그래서 하나님께서는 저도 모르게 병원을 지나다닐 때마다 퇴직 하면 병원 전도를 해야겠다는 생각을 갖게 하셨던 것 같습니다.

쉼 없이 전도를 하다 보니 어떤 환자분은 다음 주에 뵙지 못 한다는 것도 알게 되었습니다. 그런 분은 더 마음을 다해 기도를 해 드렸습니다. 우리 네 사람은 최선을 다해서 많은 분들에게 예수님을 영접하는 기도도 해 드리며 영혼이 구원 받고 천국 가 시게 하기 위해 힘썼습니다. 어떤 때는 우리가 더 은혜를 받을 때도 있었습니다.

하나님께서 칠십이요 강건하며 팔십이라고 하셨는데 전도하는 네 사람의 지체들이 70세가 넘었습니다. 그리고 전도 후 돌아올 때마다 "하나님께서는 우리 네 사람은 저렇게 병상에 누워 있게 하지 않고 건강하게 복음 전하며 살다가 데려가 주실거야."라고 말을 하였습니다.

지금도 날마다 병원에서 만났던 환자들 한분 한분의 얼굴을 떠올리며 새벽마다 기도하고 있습니다. 이 얼마나 감사한 일인지요? 이렇게 힘든 곳에서 복음을 전하는 데 쓰임을 받을 수 있다는 것, 이 얼마나 행복한 삶인지요? 그저 감사 할 뿐입니다. 주님! 감사합니다. 모두가 하나님의 은혜입니다.

♥ 볼지어다 내가 문 밖에 서서 두드리노니 누구든지 내 음성을 듣고 문을 열면 내가 그에게로 들어가 그와 더불어 먹고 그는 나와 더불어 먹으리라

— (요한계시록 3장 20절)

알지 못하는 이름인데?

    큰아들 배상익 목사가 신대원에 입학을 했으니 교회에 전도사로 가서 섬겨야 한다고 생각했습니다.

    그런데 어느 날 제가 섬기는 교회의 담임 목사님께서 "집안 사정이 어려우십니까? 평생을 섬겨야 하는데 왜 그렇게 빨리 사역을 하기를 원하십니까?"라고 말씀하셨습니다. 그래서 본 교회에서 중등부를 섬기다가 강도사가 되어서 첫 사역지로 섬길 여러 곳의 교회에 원서를 넣고 기다리고 있었습니다.

    배상익 목사와 자부는 무조건 제일 처음 오라고 하는 교회로 가기로 약속을 했다고 말했습니다.

    동상동에 있는 교회에서 첫 번째로 연락이 와서 부임하게 되었습니다. 그 교회에서 초등부를 맡게 되었는데 초등부 부장님께서 담당 교역자가 오래도록 없어서 초등부 교사들과 늘 기도하며 기다렸다고 했습니다.

    그런데 한 달 전쯤에 하나님께서 초등부 부장님께 생소한 '배상익'이라는 이름이 생각나게 하셨다고 했습니다.

    부장님은 청과 도매상을 하시기 때문에 청과를 매매하는 분 중의 이름인가 싶어서 찾아보았지만 그런 이름은 없었다고 했습니다. 그런데 한 달이 지나 새로 부임하는 초등부 담당 교역자

이름이 '배상익'이라고 하는 소리를 듣고 깜짝 놀랐다고 했습니다. 배상익 목사와 며느리도 깜짝 놀랐다고 했습니다. 그것도 초등부 교역자로 섬기게 된 교회에 한 달 전쯤에 원서를 넣었는데 하나님께서 초등부 부장님께 배상익이라는 이름을 생각나게 한 때와 거의 시기가 일치했기 때문에 더 깜짝 놀랐다고 하면서 너무 감사하면서 하나님의 응답이었다고 고백하셨다고 했습니다.

 욕심을 버리니 하나님께서 먼저 일하심을 깨닫게 되었습니다.
우리 모두 하나님의 선하심과 응답하심에 감사드렸습니다.
 살아계신 하나님께 감사! 역사하시는 하나님께 감사합니다.

♥ 날마다 우리의 짐을 지시는 주 곧 우리의 구원이신 하나님을 찬송할지로다
— (시편 68편 19절)

돼지머리

제가 근무하고 있는 학교가 교육부에서 지정한 연구학교라서 선생님들이 밤이 늦도록 업무를 볼 정도로 바빴습니다. 저는 하나님의 은혜로 집이 가까워서 피곤은 덜했지만 학년부장을 맡은 저도 열심히 연구학교 일을 해야 했습니다.

교장선생님은 미신을 좋아하셔서 예수 믿는 저를 많이 핍박하셨습니다. 결재를 받으러 가면 눈을 지그시 감으시고 "니가 믿는 하나님께 기도 해 봐라."라고 빈정거리듯이 말씀하셨습니다.

연구학교 발표를 하기 위해서 지은 강당이 완성 되자 교장선생님은 전 교직원들에게 강당에서 고사를 지낸다고 하셨습니다. 고사를 지내는 날 교장선생님은 전체 교직원을 강당에 모아 놓고 한 사람씩 나와서 돼지머리 앞에서 술을 따르고 절을 하라고 했습니다.

우리 예수 믿는 선생님들은 주님의 도우심을 구하며 바쁜 일과 속에서도 강사 목사님도 모시고 신우회 모임을 열심히 하며 교직원과 학생, 학부님들의 영혼 구원을 위해 기도하고 있었습니다. 고사를 지낸다는 말에 신우회 선생님들이 안절부절못하며 저에게 어떻게 해야 하느냐고 물었을 때 "너는 나 외에는 다른 신들을 섬기지 말라는 첫째 계명을 어기는 것이니 절대 절을 하면 안 되니 우리는 서서 절하는 선생님들을 위해 기도하자."고 했습니다. 다니엘의 세 친구처럼 우리 신우회 선생님들은 한 사람도 돼지 머리에게 절하지도 않고 술도 따르지 않았습니다. 교장선생님은 이 일로 인해 저를 더욱 미워하시는 것 같았습니다.

지금도 그때를 생각하면 저와 신우회 회원들에게 담대함을 주신 하나님의 은혜에 감사합니다. 더구나 저는 승진을 하기 위해 준비하는 때였는데 저에게 내린 불편함을 감수해야 했습니다. 교장선생님은 제가 전근 갈 때 근평을 일반 교사보다 더 못한 점수를 주셔서 정말 마음이 많이 힘들었습니다. 그러나 전화위복의 하나님, 역전의 하나님께서 승진하기 더 좋은 조건을 갖춘 학교로 전근을 가게 하셨습니다. 나의 하나님! 우리의 하나님! 감사합니다.
사랑합니다.

♥ 또 너희가 내 이름으로 말미암아 모든 사람에게 미움을 받을 것이나 끝까지 견디는 자는 구원을 얻으리라   - (마태복음 10장 22절)

똑 떨어졌네

남편 오른쪽 눈 바깥 코 쪽에 흐물흐물한 사마귀 같기도 하고 점 같기도 한 것이 제법 크게 자리를 잡고 있어서 세수를 하고 나면 언제나 수건에 피가 묻어나고 자꾸만 커지기도 해서 힘들어 했습니다. 여러 사람들이 그것을 보고 무엇이냐고 물어서 남편은 대답하기가 곤란하다고 하면서 매우 불편해 했습니다. 견디다 못해서 병원에 가니 의사선생님이 고개를 갸웃거리면서눈 가는 예민한 부분이라서 수술을 하려면 안과, 외과가 서로 협력해서 해야 하고 잘못 되면 시력이 나빠질 수도 있고 하니 며칠 입원을 해서 수술을 해야 한다고 말했습니다. 수술비도 매우 비쌌습니다. 남편은 겁이 잔뜩 나서 걱정만 하였습니다.

어느 날 함께 근무하던 신우회 조 선생님이 자기 입술에 사마귀가 생겨 불편해서 여러 가지 방법으로 치료를 해 보았지만 낫지 않았는데 이 소금을 발라보았더니 사마귀가 똑 떨어졌다고 하며 조그마한 봉지에 든 소금을 주셨습니다.

눈 옆 사마귀에도 한 번 발라보라고 했습니다. 남편은 믿는 둥 마는 둥하며 세수를 하고 피가 나는 사마귀 위에 두어 번 이 소금을 발랐습니다. 그렇게도 신경을 쓰이게 하던 물 사마귀가 흔적도 남기지 않고 없어지고 말았습니다. 우리는 깜짝 놀랐습니다. 그냥 두어 번 발랐을 뿐인데 그렇게 애를 먹이고 피가 나고 크게 자라서 사람들의 입에 오르내렸던 사마귀가 없어지고 나니 너무 기뻤습니다. 의사들이 시신경을 다칠 수도 있다는 무시무시한 말로 잔뜩 겁을 주었는데 하나님께서는 소금을 마련하셔서 그렇게 남편을 괴롭히고 있던 사마귀를 단숨에 낫게 해 주신 것이었습니다.

하나님께서는 남편의 그 골초 담배도 끊게 하시더니 이렇게 눈가의 무시무시한 사마귀도 단번에 없애 주셨습니다.
하나님이 하시니 모든 것이 술술 풀렸습니다. 하나님께 감사 또 감사!

♥ 오직 선을 행함과 서로 나누어 주기를 잊지 말라 하나님은 이같은 제사를 기뻐하시느니라   — (히브리서 13장 16절)

버스를 멈추신 하나님

퇴직과 동시에 하나님께서 주신 새로운 사명인 학교 방문을 하면서 선생님, 교장, 교감선생님께 학교와 가까운 교회 목사님과 연계를 시켜 주는 사역을 하였습니다. 이 학교 방문은 저의 힘으로 되는 것이 아니고 하나님께서 길을 열어 주셨기 때문에 가능했습니다.

7월 1학기를 마치는 마지막 목요일, 예수님을 믿지 않는 부장선생님이 계시는 만덕에 위치한 학교를 방문하였습니다. 선생님께 가까이 있는 교회의 목사님을 소개시켜 드리고 복음을 전한 후에 버스를 타고 집으로 돌아오게 되었습니다. 이전 같으면 차를 운전해서 갔을 것인데 졸음운전을 한다고 가족들이 운전을 못하게 해서 빙빙 둘러가는 버스를 타니 주례로 가는 길은 멀기만 하였습니다.

지루하여 바깥도 보며 이런 저런 생각도 하고 있었는데 그만 깜빡 잠이 들었는지 눈을 떠보니 버스가 정류소에 서 있었습니다. 그때 버스 정류소 앞에 있는 우리 동네 한의원 간판이 크게 버스 문으로 쑥 들어왔습니다. 정신을 차리고 둘러보니 아무도 내리고 타는 사람이 없었는데도 버스는 정류소에서 떠날 생각을 하지 않고 있었습니다. 놀라지도 서두르지도 않고 태연하게 차에서 내렸는데 환승 카드를 찍지 않아서 다시 돌아서서 버스 안에 타고 있는 사람에게 "표를 좀 찍어 주세요."라고 부탁도 할 정도로 마음은 차분하였습니다. 그런 후 버스는 떠났습니다.

통상 버스는 사람이 타고 내리고 나면 바로 떠나는데 제가 타고 온 버스는 사람이 내리고 타지 않아도 정류소에 발이 묶여 있었습니다. 그 이유는 저를 내리라고 깨우시고 제가 내릴 때까지 하나님께서 버스를 잡고 계셨기 때문이라고 생각합니다. 잠을 깨워 주시고 한의원 간판이 크게 버스 문으로 들어오게 하셔서 제가 내릴 정거장을 알게 하신 하나님께 감사드리며 하나님께서 얼마나 학교 방문 사역을 기뻐하시는지 더 깨닫게 되었습니다. 주님의 은혜 없이는 우리가 어떻게 살 것인가?
주님이 기뻐하시는 삶을 살기 원하오니 주님께서 언제나 함께 하시고 도와주시리라고 믿습니다.

♥ 주의 구원의 즐거움을 내게 회복시켜 주시고 자원하는 심령을 주사 나를 붙드소서
　　　　　　　　　　　　　　　　　　　　　　　　- (시편 51편 12절)

앞 서 일하시는 하나님

12월 8일 추운 겨울 밤.

곤히 잠자고 있는 한밤중 두시쯤에 전화벨이 울렸을 때 전화를 받는 남편에게 김천 시가에서 온 전화일 것이라고 말했습니다. 하나님의 은혜로 시아버지의 소천 소식을 알려 주는 전화벨 소리라는 것을 알 수 있었습니다.

급히 김천 시가로 가느라고 우리 집 안의 장손 군복무 중이던 배상익 목사에게 연락도 하지 못했습니다.

그즈음 우리는 매 주일마다 본 교회에서 오전, 오후 예배를 다 드린 후에 해운대에 있는 53사단 신병교육대 전도를 위해 늦은 저녁 예배를 드리러 갔습니다.

시아버지가 소천 하신 주일 날 남편과 제가 군부대 예배를 드리러 가지 않았더니 항상 함께 예배를 드리던 분이 우리가 왜 안 왔냐고 물으셨다고 합니다. 그래서 우리와 항상 군부대에 전도 예배를 드리러 가는 김 장로님이 시아버지의 소천을 말씀 드렸다고 합니다. 배목사가 어느 부대에 있는 줄도 몰라서 이름만 말했다고 했는데 그 분이 저의들 보다 먼저 배상익 목사가 배치되어 있는 군부대로 전화를 해 주셔서 우리 집 장남 배상익 목사가 시골로 오게 되었습니다. 그때 부대장님이 아들에게 군에 큰 빽이 있느냐고 물었다고 합니다.

세상에서 말하는 빽그라운드 같은 것 하나도 없는 평범한 우리 가정에 무너지지 않는 단단한 큰 빽은 하나님이십니다. 이 모두가 하나님의 은혜라고 생각합니다. 우리가 군부대에서 복음을 전하니 하나님께서 먼저 일하셔서 군에 있는 아들에게 큰 은혜를 베풀어 주셨습니다.

　　앞으로도 영원토록 우리에게 있는 빽은 그 크시고 측량할 수 없는 하나님이십니다.

♥ 하나님이 자기를 사랑하는 자들을 위하여 예비하신 모든 것은 눈으로 보지 못하고 귀로 듣지 못하고 사람의 마음으로 생각하지도 못하였다 함과 같으니라
　　　　　　　　　　　　　　　　　　　　　　　　　　　－ (고린도전서 2장 9절)

담배 맛이 왜 이래?

남편은 술을 한 방울만 먹어도 머리끝부터 발끝까지 빨개져서 사람들이 엄청 술을 많이 먹은 것으로 오해를 하기 때문에 술은 잘 먹지 않았습니다. 그런데 남편은 담배를 하루에 한 갑 반도 넘게 거뜬하게 피웠습니다.

멋있는 외제 라이터를 들고 사람들에게 자랑하며 담배를 피워 댔습니다. 그래서 그런지 얼굴은 까맣고 아래 위의 앞니는 노랗게 변하였고 담배 니코틴이 끼어 있었습니다. 엄지와 집게손가락의 손톱도 누렇게 변하여 정말 보기가 싫었습니다. 그런데 더욱 참기가 힘 든 것은 방안 공기가 담배 냄새로 숨막히게 하는 것이었습니다. 방에서 담배를 피우지 않았는데도 이미 몸에 담배 냄새가 지독하게 배어 있어서 정말 함께 있기가 곤란할 정도였습니다. 아이들이 밤새도록 담배 냄새 나는 방안 공기를 마신다고 생각하니 더 견디기가 힘이 들고 속이 상했습니다.

친척들과 지인들이 얼굴색이 왜 그렇냐며 병원에 가서 검사를 받아보라고 하였습니다. 몸 보호하는 약이라고 속여서 한약도 먹게 하고 담배가 나쁜 이유를 설명도 하고 온갖 방법을 다 써 보았지만 담배를 끊지 못했습니다. 냄새를 없애기 위해 열심히 양치도 하고 누렇게 된 이를 희게 한다고 치과에 가서 스케일링도 했지만 아무 소용이 없었고 누렇게 된 손도 씻기지 않았습니다.

동생부부의 간절한 기도와 전도로 교회를 가게 되었는데 남편은 담배를 피워야 하기 때문에 교회를 올 수 없다고 하니 모두가 교회에서도 담배를 피워도 된다고 말을 했습니다. 남편은 교회 도착 할 때까지 담배를 더 많이 피워야 한다면서 차의 창문을 열고 담배 맛이 더 좋아진다고 은단까지 먹으면서 피우곤 했습니다. 남편은 교회에 가면 교회 동산 안에 있는 무덤 뒤에 숨어서 담배를 피웠습니다. 성도님들은 무덤 위로 모락모락 올라오는 담배연기를 보고 웃기도 했습니다.

이렇게 아무 생각 없이 교회를 다니던 2~3개월 지난 어느 날 남편은 그렇게도 맛있었던 담배가 쓴 맛이 나서 피울 수가 없다고 했습니다.

남편이 거울 앞에 서서 깜짝 놀라며 소리쳤습니다. 자기 입안의 이를 보며 더 큰소리로 저를 불렀습니다. 세상에 그렇게 누런 이들이 하얗게 된 것이었습니다. 우리는 깜짝 놀라며 하나님께서 하셨다며 정말 기적이라고 기뻐하며 감사했습니다. 그길로 남편은 담배를 딱 끊게 되었습니다. 시골에 가니 친척들이 모두 얼굴색이 너무 깨끗해졌다면서 어떻게 된 일이냐고 물었습니다. 그럴 때마다 남편은 예수를 믿으니 이렇게 되었다고 말했습니다. 한동안 남편은 모든 사람에게 자기가 담배를 끊은 것에 대해 간증을 하고 다녔습니다.

예수 믿지 않고 계속 담배를 피우고 살았다면 남편은 분명히 고칠 수 없는 큰 병에 걸렸을 것입니다. 담배를 끊고 나니 야윈 몸이었던 남편의 몸에 살이 오르기 시작했습니다. 보기 좋게 변하여 주위 분들에게 미남이라는 소리도 듣게 되었습니다. 남편과 우리 가족은 이후부터 세상의 유혹을 뿌리치고 열심히 주일예배를 드리고 착실하게 믿음 생활을 하게 되었습니다.

김진홍목사님께서 쓰신 '새벽을 깨우리로다'를 들으며 점점 더 하나님의 사람으로 변화 되어 갔습니다. 유행가를 부르던 입에서 찬송이 흘러 나왔습니다. 신문 만 읽던 사람이 성경책을 읽게 되었습니다. 가족 모두 가정예배로 하루를 시작하게 되었습니다. 남편이 성경책을 들고 다니면 믿지 않는 사람들이 목사님이라고 부르기도 했습니다. 인격이 변화 되었습니다. 모두가 하나님의 은혜입니다. 아무리 사람이 힘을 쓰고 애를 써도 되지 않지만 하나님께서는 단번에 하십니다.
하나님의 은혜에 감사하고 또 감사드립니다.

♥ 내가 그리스도와 함께 십자가에 못 박혔나니 그런즉 이제는 내가 사는것이 아니요 오직 내 안에 그리스도께서 사시는 것이라 - (갈라디아서 2장 20절)

죄송합니다

예수님을 믿고 난 후 처음 전근을 간 학교에서 교감선생님을 만나 뵙는 순간 깜짝 놀랐습니다. 제가 초등학교 5학년 때 교생선생님으로 오신 분이셨는데 쉬는 시간이면 저를 늘 데리고 다니며 귀여워하셨습니다. 저는 이따금씩 '그때 나를 귀여워하셨던 교생선생님은 어느 학교에 근무 하실까?' 하고 생각했는데 전근 간 학교에서 만나게 된 것이었습니다. 교감선생님과 저는 옛날을 생각 하면서 기뻐하였습니다. 그런데 그때는 교사와 학부모 그리고 교사와 교장선생님, 교감선생님께 선물 등이 오가는 시절이었는데 저는 전혀 관계치 않았습니다. 그러다 보니 교감선생님과도 어색해졌습니다.

명절을 앞 둔 어느 날 동학년 선생님들이 저의 융통성 없는 것을 보고 윗분들께 드릴 선물을 저에게 대표로 가지고 가서 드리라고 했습니다.
저는 우습기도 하고 기가 차기도 했지만 선생님들의 권고로 할 수 없이 동학년 선생님들의 심부름을 하였습니다. 그런 후에 교감선생님과 저는 조금 더 어색해졌습니다.
교감선생님이 건강이 좋지 않아서 출근하지 않고 집에서 쉬고 계셨을 때 병문안을 가서 깜짝 놀랐습니다. 교감선생님은 임대 아파트에서 살고 계셨고 가지고 있었던 물질은 사모님이 어떤 일을 하시다가 다 써 버리고 고생을 하고 있었습니다. 방이 부족하여 아들은 마루에 커튼을 치고 지내고 있었습니다. 이렇게 살고 계시는 줄 알았다면 교감선생님을 잘 섬겼어야 하는데 하고 후회를 했습니다. 병문안 갈 때마다 교감선생님께 복음을 전했습니다. 교감선생님은 옛날에 예수를 믿었는데 지금은 믿지 않는다고 말씀하시면서 하나님께서 자신을 버리셨다고 말씀하셨습니다. 참으로 기가 막혔습니다. 하나님은 절대 교감선생님을 버리신 게 아니라고 말씀을 드렸습니다. 그리고 기도했습니다.

모두가 안타까워하는 가운데 교감선생님은 하나님을 다시 만나지 못하고 세상을 떠나셨습니다. 학교에서 영결식을 가졌는데 그때 제가 송별사를 써서 읽게 되었습니다. 예수님을 다시 만났으면 마음이 한결 가벼울 텐데 마음도 아프고 안타깝기 그지없었습니다. 장지를 향하여 떠날 때 몇 분의 남자 선생님과 여선생님은 저와 항상 새벽기도를 같이 다니던 선생님, 두 사람만 달랑 차를 타고 가게 되었습니다.
함께 가시던 남선생님들이 말씀하셨습니다.

"평소에 사랑 받던 여선생님들은 다 어디가고 사랑 못 받았던 선생님 두 사람만 탔네요."

예수 믿지 않았던 예전의 저 같았으면 장지 같은 데를 따라간다는 것은 상상도 할 수 없는 일이었습니다. 저는 결백증이 있어서 예수 믿기 전에는 병문안을 가도 병이 옮을까 봐서 발로

문을 살며시 밀고 들어가서 가만히 서 있었고 무엇을 주어도 절대 받지도 먹지도 않았습니다. 그런데 예수님을 믿고 나서는 신기하게도 그런 생각들이 일순간에 싹 사라지고 완전 자유를 얻게 되었습니다.

"진리 안에서 자유를 찾아라. 진리가 너희를 자유롭게 하리라"는 예수님의 말씀이 일상의 모든 생활과 모든 일의 속박에서 벗어나게 하시고 완전 치유하심으로 자유를 주셨습니다.

할렐루야! 여호와를 찬양합니다. 자유 주심을 찬양합니다.

♥ 내가 주는 물을 마시는 자는 영원히 목마르지 아니 하리니 내가 주는 물은 그 속에서 영생하도록 솟아나는 샘물이 되리라 − (요한복음 4장 14절)

부산에서 전국 여름 연찬회를

　한국교육자선교회는 대학교수도 계시고 총장님도 계시고 교수, 교사 모두가 모여서 하나님을 경외하고 사랑하며 학원에 복음을 전하는 단체입니다. 시 도 마다 지방회가 있었습니다. 부산은 부산지방회이며 교육청 5개 지역회로 나누어져 있었습니다. 그리고 여름방학과 겨울방학이면 꼭 전국으로 돌아가며 2박 3일의 연찬회를 하였습니다. 보통 여름방학 때는 지방회 주최로 겨울방학 때는 전국 주최로 연찬회를 하였습니다.

　저는 학교에 근무할 해가 2년 정도 밖에 남지 않아서 하나님께 '제가 학교를 퇴직하기 전에 부산에서 연찬회를 꼭 한 번 하게 해 주세요'라고 기도를 드렸습니다. 하나님의 응답으로 2013년 연찬회를 제가 살고 있는 아파트와 딱 붙은 대학교에서 전국 연찬회를 하게 되었습니다. 우리들은 준비를 위해서 열심히 모여서 기도하고 계획도 세웠습니다. 연찬회를 주최하려면 많은 물질이 필요하기 때문에 저는 하나님께서 용기를 주셔서 회원들에게 모두 자신의 물질을 내어 이 연찬회를 준비하자고 제안을 하였습니다. 그런데 하나님의 은혜로 적지 않은 물질이었지만 회원 모두가 찬성을 하였습니다.

　저는 건강이 그렇게 썩 좋지 않은 상태였지만 심부장님과 짝이 되어서 식사와 간식 등을 책임지게 되었습니다. 가장 좋은 간식과 먹거리를 준비하였습니다. 식사도 가장 맛있게 만들어 줄 것을 대학 식당에 가서 여러 번 부탁도 하였습니다. 전국에서 많이 모인 회원들을 섬기기 위해서는 간식과 먹거리들을 준비해야 했기에 큰 마트와 시장에 가서 먹거리들을 사와서 씻고 준비해야 하기에 힘들고 할 일이 많았지만 제 기도의 응답이었기에 열심히 하였습니다. 이후에 전국의 선생님들이 부산에서 준 간식이 최고였다고 하면서 문의를 해 왔습니다.

연찬회를 마치고 결산을 하니 많은 물질이 남아서 지방회를 운영하는 데 큰 도움을 받을 수가 있었습니다.

다시 부산에서 또 연찬회를 한다면 우리는 지금처럼 대학에서 은혜롭게 연찬회를 하자고 말했습니다. 모두가 기도하고 물질로 헌신한 그때를 생각하면 너무 감사하기도 하지만 제가 선생님들께 물질을 내자고 했는데도 아무도 반대 하지 않았고 또 회원 명부에만 올려 져 있는 회원과 출석을 잘하지 않던 선생님들도 모두 협조한 것은 하나님의 은혜라고 생각합니다.

사람의 마음을 움직이는 것은 사람이 하는 것이 아니고 전적인 하나님의 은혜라고 생각합니다. 지금도 그때 대학에서 모였던 여름 연찬회를 생각하면 그저 감사할 뿐입니다.

우리 연찬회를 도와서 함께 일하셨던 그 대학에 근무 하시던 집사님은 승진도 하시고 장로님이 되셨습니다. 전국연찬회 2박 3일 동안을 최선을 다해 충실히 섬겨 주셨기에 하나님께서 장로님으로 세우시고 승진도 하게 하신 것이라고 생각합니다.

연찬회를 마치고 나니 제가 더 건강해 졌다고 심부장선생님은 말했습니다. 지금도 발톱을 깎을 때마다 오른쪽 두 번째 발톱이 그 때 너무 많이 걸어 다녀서 치이고 상하여 모양이 변한 것을 바라보며 기쁘고 행복했던 그때를 생각합니다. 하나님 일에는 공짜가 없습니다. 그리 아니 하실 지라고 우리는 죽도록 충성 해야 한다고 생각합니다.

♥ 유순한 대답은 분노를 쉬게 하여도 과격한 말은 노를 격동하느니라 지혜있는
  자의 혀는 지식을 선히 베풀고 미련한 자의 입은 미련한 것을 쏟느니라
                                              - (잠언 15장 1, 2절)

언제 편두가 아팠나요?

　배상익 목사가 대학교 1학년을 마치고 참을 수 없을 만큼 무더운 8월 어느 날 논산훈련소 입대를 일주일 앞두고 갑자기 목이 아프기 시작했습니다.

　이비인후과에 가니 편두가 엄청 붓고 염증이 생겨서 고름이 많이 고여 있다고 했습니다. 편두를 수술로 제거해야 한다고 하며 목에 있는 고름을 짜 내었습니다.

　며칠 후면 군에 입대해야 하고 시골에 계시는 할아버지도 뵈러 가야 했기 때문에 기가 찼습니다.

　"지금은 수술을 할 수 없으니 군입대해서 수술을 할래? 아니면 믿음으로 약을 안 가지고 갈래? 두 가지 중에서 선택을 해라."라는 저의 말에 배상익 목사는 믿음으로 약을 가지고 가지 않겠다고 했습니다.

　8월 한여름 치료도 받지 못한 채로 하나님만 의지하며 믿음으로 군에 입대하였습니다. 배상익 목사에게 첫 편지가 왔는데 군에서 훈련을 받는 중에 편두가 깨끗이 치유되었다는 것이었습니다. 평소 편두가 건강한 사람도 이렇게 무리하게 훈련을 받으면 목이 부어서 고생을 하는데 언제 편두가 아팠는지도 모르게 깨끗이 나았다고 했습니다. 하나님께서는 믿음으로 약을 버리고 간 우리들에게 응답하신 것이었습니다.

그 후에 편두에 관해서는 전혀 마음을 쓰지 않았는데 신학대학원 입학시험을 치러 갔을 때 멀쩡하게 다 나은 편두가 갑자기 아프기 시작했습니다.

밤중에 심한 열이 나고 목이 너무 아파서 병원에 가서 치료를 받고 왔지만 더 심하게 아프기만 해서 내일 칠 시험을 걱정하며 기도하는 중에 배상익 목사는 하나님의 임재를 느낄 수가 있었습니다.

다음 날 아침 열이 내려서 시험은 칠 수가 있었지만 편두는 밤이 되니 더 많이 아프고 목소리조차도 전혀 나오지 않아서 다음 날 있을 면접을 포기하고 있었는데 놀랍게도 면접이 시작됐을 때 언제 아팠는지 모를 정도로 말이 술술 잘 나왔습니다.

함께 시험을 치러 간 후배와 함께 부산에 도착하자마자 바로 이비인후과에 갔는데 의사선생님께서는 편두는 아무 이상이 없다고 하시며 언제 편두가 아팠냐고 물었습니다. 후배와 배상익 목사는 깜짝 놀라서 무엇이라고 말을 할 수가 없었습니다.

하나님께서는 또 군 입대 때처럼 편두를 고쳐 주신 것이었습니다.

이 후 지금까지 편두로 고생을 한 적은 한 번도 없었습니다.

배상익목사가 이 일을 잊지 않고 항상 기도하는 영성 있는 주의 종이 되길 간절히 기도 합니다.

여호와 라파! 여호와 라파! 치유의 하나님 감사합니다.

♥ 내가 사망의 음침한 골짜기를 다닐지라도 해를 두려워하지 않을 것은 주께서
나와 함께 하심이라 주의 지팡이와 막대기가 나를 안위하시나이다
— (시편 23편 4절)

울면 된다

승진을 하기 위해서는 다 거쳐 가야하는 마지막 관문이고 힘이 드는 교무를 하게 되었습니다. 교무로서의 일차 관문은 신입생 1학년들의 학생명부와 인원수를 맞추는 작업인데 수 개념이 약한 제 힘으로는 너무나 힘이 들었습니다. 어떻게 맞추어야 하는지 난감하기만 했습니다. 친구가 교무를 할 때 이 작업 때문에 집에서 한 방 가득 1학년 신입생 명부를 펼쳐 놓고 밤을 새운다고 했는데 지금에 와서 생각하니 그 말이 이해가 갔습니다.

학교의 모든 제반 사항 등을 재빨리 알아서 선생님들께 알려야 하고 모든 계획을 환하게 알고 있어야 하는 어려운 교무 생활 중에서 제일 어렵고 힘든 일은 교장선생님 비서가 되는 것이었습니다. 교장선생님은 마음은 선량하신 분이셨지만 어울려서 노는 것을 너무 좋아하셨습니다. 언제나 회식을 한 후에는 노래방에 가서서 늦도록 노래를 불렀습니다. 그럴 때마다 "교무요! 교무 어디 있는기요?"라고 부르시곤 하셔서 너무나 힘들고 괴롭기만 하였습니다.

여름 방학이 되어 교사들 전부가 1박 2일의 연수를 갔을 때도 밤이 늦었는데도 숙소로 가실 생각도 안하시고 교장선생님은 노래방에서 노래를 부르시면서 "교무요!"라고 소리치셨습니다.

저는 너무 힘이 들어서 혼자 살짝 숙소로 돌아와 '정말 싫고 힘이 드니 환경을 바꾸어 주세요'라고 눈물을 흘리며 간절히 기도하고 있을 때 제 속마음도 모르는 선생님이 "정말 예수를 열심히 믿는 교무샘이네."라고 말씀하셨습니다. 그런데 2학기가 시작되자 교장선생님께서 회식 한 후 술을 드시고 노래방으로 가시던 습관을 싹 버리시고 남자 선생님 몇몇 분과 게임을 하시면서 "교무요! 집에 가소."라고 말씀하셨습니다.

그 여름밤에 울면서 하나님께 기도한 것을 하나님께서 응답해 주신 것이었습니다. 이후로는 노래방에 가서 술 먹는 일이 없어지고 회식만 하고 나면 곧장 집으로 오게 되었습니다. 우리가 하나님께 간절히 기도하면 우리의 환경과 형편을 아시는 주님께서는 반드시 응답해 주십니다. 우리의 기도를 들어 주시는 주님께 감사 할 뿐입니다.

♥ 사람이 무엇이기에 주께서 그를 생각하시며 인자가 무엇이기에 주께서 그를 돌보시나이까
— (시편 8편 4절)

하늘 길이 꽃 길이네

　한국교육자선교회 여름 연찬회를 제주도에서 하게 되었습니다. 어릴 때 귀가 많이 아파서 고생을 했기 때문에 비행기를 잘 타지 못했고 귀에 대한 알레르기도 생겼습니다. 의사선생님은 오른쪽 고막이 상했다가 얇게 생겼다고 말씀하시며 조심하라고 하셨습니다. 비행기를 타거나 높은 산에 오르면 귀가 계속 아팠고 심지어는 높은 엘리베이터를 타도 귀가 아파서 고생을 하였습니다. 방학 때만 되면 선생님들은 외국에 여행을 갔지만 저는 한 번도 못 갔습니다. 퇴직을 하고 난 후에도 다른 선생님들과 친구들은 해외여행을 많이들 가는데 저는 아무 곳도 가지 못했습니다. 그 이후부터 저는 귀가 아파서 해외여행을 못가는 사람이라고 불리게 되었습니다.

　여름 연찬회를 제주도에서 한다는 것이었습니다. 오래 전에 제주도에서 연찬회를 한 적이 있었는데 그때 비행기를 탈 때도 귀가 아파서 고생을 많이 했었는데 이번에도 제주도 연찬회에 비행기를 타고 가야 하는데도 이상하게 마음이 평안하고 전혀 걱정이 되지 않았습니다. 하나님께서 분명히 도와주시리라 믿고 비행기를 탔는데 믿을 수 없는 일이 일어났습니다. 다른 사람들은 이착륙할 때 귀가 아프다고 귀를 막기도 하고 입으로 숨을 쉬기도 하였는데 저는 하나님의 은혜로 땅 위를 걸을 때와 똑같이 이착륙에 아무런 느낌도 없이 지상을 걷는 것보다 더 평안 하였습니다. 함께한 모든 사람들도 저 때문에 은혜를 많이 받았습니다.

연찬회 2박 3일 동안 태풍도 비껴가게 하시고 한라산이 한 눈에 보이는 멋있는 호텔에서 숙식도 하고 맛있는 조식은 더욱 우리를 행복하게 했습니다. 그리고 시간 시간마다 은혜의 강에 풍덩 빠지게 해 주셨습니다. 지금도 그때 여름 연찬회를 생각하면 기쁘고 감격스럽습니다. 저도 이제 비행기를 마음 놓고 탈 수 있게 되었기에 호주 멜버른에 살고 있는 작은 아들 집에도 가 볼 수 있게 되어서 하나님 아버지께 감사드립니다. 비행기를 탈 때마다 제주도 연찬회에 가기 위해 탔던 것처럼 저의 귀를 하나님께서 붙들어 주시리라고 굳게 믿습니다. 아멘! 주님께서 하십니다.

♥ 우리에게 향하신 여호와의 인자하심이 크시고 여호와의 진실하심이 영원함이로다 할렐루야
                                                    - (시편 117장 2절)

이거 낫지 않는데?

작은 아들 수현이가 중학교 1학년 때 얼굴에 갑자기 흰 반점이 생기기 시작했습니다. '없어지겠지'라고 생각하고 있었는데 또 다른 점이 생기는 것이었습니다. 수현이가 백일이 지났을 무렵에 몸에 불긋불긋 한 것들이 나서 피부과에 의사선생님이 수현이 몸에 난 것은 뜨거운 태양 아래에서 땀을 흘리며 막노동 하는 사람들이 생기는 피부병인데 "참 이상하네?"라고 하시면서 주신 약을 바르고 시간이 지나니 나았습니다. 그런 뒤 자라면서 피부병 같은 것은 걸리지 않았었는데 이상하게 이마 쪽으로 하얀 반점이 생기는 것이었습니다.

피부과 의사 선생님은 이 흰 반점은 얼굴에 번져서 얼굴이 하얗게 되는 것이고 약이 없다고 말씀하셨습니다.

원래 걱정이 많고 소심한 성격인 저는 이상하게 의사선생님의 엄청난 말씀을 듣고도 마음이 담담해지고 걱정이 되지 않았습니다.

"수현아! 약이 없다고 하니 기도 해야겠다."라고 말했습니다. 수현이도 의사선생님의 무서운 말을 듣고도 걱정을 하지 않고 내일부터 새벽기도 갈 때 함께 가고 싶다고 했습니다.

다음 날 새벽부터 수현이는 한동안 새벽기도를 다니기 시작했습니다. 그러던 어느 날 수현이의 얼굴에 있던 흰 반점들이 말끔히 사라져 버렸습니다.

우리는 다시 피부과를 찾아 갔습니다. 의사선생님은 고개를 갸우뚱거리시면서 "원래 생긴 것은 없어지지 않는데 생긴 점까지도 깨끗하게 없어졌네."라고 말씀하셨습니다. 정말 치유의 하나님께서 얼굴에 있었던 흰 반점까지 깨끗이 없어지게 하셨습니다.

그 엄청난 의사의 말을 듣고도 걱정하지 않고 기도하자고 한 우리들을 하나님께서 기쁘게 생각하시고 말끔하게 치유해 주신 것이라고 생각했습니다.

수현이도 함께 기도한 것이 하나님의 마음을 움직이게 한 것 같습니다.

의젓한 가장이 된 수현이를 보며 여호와 라파이신 하나님께 감사만 드릴 뿐이었습니다.

♥ 이에 예수께서 그들의 눈을 만지시며 이르시되 너희 믿음대로 되라 하시니
— (마태복음 9장 29절)

어떻게 알았지요? 이 전화번호

큰아들 배상익 목사가 대학교 1학년을 마치고 군 입대를 하게 되었습니다. 우리 양가 형제들 중에서 처음 군 입대를 하는 것이라서 가족 모두가 마음도 쓰이고 걱정도 하였습니다. 공부만 열심히 하라고 하면서 아르바이트도 한 번 시켜 본적이 없는데 군에 가서 어떻게 훈련을 받을 것이며 군 생활도 힘이 든다고 하는데 고생을 한 번도 해 본적이 없는 상익이라서 걱정이 되었습니다.

상익이는 순수해서 남을 미워하지도 못하고 친구들을 가려서 사귀지도 않고 모든 아이들과 친하게 지냈습니다. 생일 때면 반 아이 모두를 초청했습니다. 초등 친구들은 이런 상익이에게 목사가 되라고 했습니다. 눈치도 빠르지 못하고 그냥 교과서적으로 착하게만 자라난 상익이었습니다. 겁도 많았습니다. 어릴 때 남편이 아이들을 야단 칠 때 "회초리로 맞을래? 벌을 받을래?"라고 물으면 수현이는 때려 달라고 하며 재빨리 제 할 일을 했지만 상익이는 벌을 받겠다고 쪼그리고 앉아 있었습니다. 고3을 졸업하고 한 달에 한 번씩 시립병원 행려병동에 가서 전도를 했는데 깨끗하지 않은 노인 환자들을 싫어하지 않고 덥썩 안아서 모두 상익이를 좋아했습니다.

상익이는 우리가 주일마다 전도를 위한 예배를 드리는 부산의

53사단에서 훈련을 받으면 1주일에 한 번은 볼 수 있었을 텐데 그만 논산훈련소로 배치되고 말았습니다.

땀이 뻘뻘 나는 8월의 무더위 속에서도 하나님의 은혜로 무사히 훈련을 마치고 강원도 전방 군대에 포병으로 배치를 받게 되었습니다. 포병은 대포를 닦는 등 힘이 드는 것이라고 했습니다. 배치를 받고 나서 남편과 함께 처음으로 면회를 갔는데 가느다란 손가락도 굵어졌고 손등이나 손가락 사이에는 대포를 닦느라고 검은 기름이 끼어 있었습니다. 어깨도 더 굵어진 것 같았습니다. 어느새 대한민국의 군인이 되어 있었습니다.

그렇게 시간이 흐르고 있던 어느 날 남편이 일주일동안 정말 힘이 들었다고 하면서 일주일쯤 전에 상익이가 배치된 군대의 대장님이 전화로 상익이가 어떤 아이인가 물었다고 합니다. 왜 물으시냐고 하니 군대 병사들을 모아 놓고 지금 자기가 맡은 일이 적성에 맞지 않다고 생각하는 사람은 손을 들라고 하니 상익이는 대장님의 말씀을 곧지곧대로 듣고 혼자만 손을 들고 적성에 맞지 않다고 했다는 것입니다. 군에서는 적성에 맞고 안 맞고를 떠나 그냥 시키는 대로만 해야 하는데 적성에 맞지 않다고 말하니 대장님이 황당하고 기가 찼던 모양이었습니다. 그래서 남편에게 전화를 해서 상익이가 어떤 아이인가에 대해 물었던 것이었습니다.

남편은 제가 놀라고 걱정을 할까봐 말도 못하고 혼자서 일주일이나 걱정 근심으로 속병을 앓았다고 합니다. 그래서 생각하다

못해서 무조건 상익이가 보내준 편지 봉투에 적힌 주소를 보고 114 안내를 통해 전화번호를 알아내어 전화를 했다고 했습니다. 그런데 전화를 받으시는 분이 일주일 전에 전화를 하신 대장님이셨다고 했습니다. 대장님은 깜짝 놀라시면서 도대체 이 번호를 어떻게 아셨는가 하면서 이 전화번호는 자기만 개인으로 쓰는 것이라서 114에도 나와 있지 않은데 희한하다는 식으로 말씀하셨다고 했습니다.

남편은 다시 한번 상익이의 성품이 온순하고 착하다면서 간곡히 말씀을 드렸다고 합니다.

그런 뒤 며칠 후 상익이에게서 전화가 왔습니다. 대장님이 상익이가 손을 들고 적성에 맞지 않다는 말을 하고 난 후부터 낮에도 일을 시키지 않고 훈련도 시키지 않고 일주일이나 숙소에서 혼자만 지내게 하셨다고 했습니다. 남편에게 전화를 받고 난 뒤 대장님이 전국에서 세 명을 차출해서 중요한 기계를 다루는 교육을 받게 하셔서 이후에 상익이의 군 생활을 새롭게 하는 계기가 되었습니다. 남편은 예수님만 믿으면 무조건 복받는다고 생각하면 안 된다고 늘 말을 했는데 그 때 처음으로 "예수 믿으면 이런 복도 받네. 모두가 하나님의 도움이시다." 라고 말했습니다.

지금도 생각하면 아무도 알지 못하는 대장님 단독 전화번호를 114를 통해 알게 된 것은 순전히 하나님의 은혜라고말할 수밖에 없습니다.

남편과 저는 몇 년간 교회에서 주일 오후예배를 마치고 나면 늦은 시간까지 53사단 신병교육대에 있는 교회에 가서 병사들과 함께 전도를 위한 예배를 드렸습니다. 많은 신병들 앞에서 찬양 인도도 하며 섬겼습니다. 하나님께서는 그것을 기억하시고 이렇게 갚아 주신 것이라고 생각합니다. 하나님 일에는 공짜가 없습니다. 그리 아니 하실지라도 우리는 하나님 일에 힘써야 하지만 지금 다시 생각해도 어찌 이런 일이 있었을까 하고 또 하나님의 은혜에 저절로 고개를 숙이며 감사할 뿐입니다. 우리들의 소망은 온전히 하나님 한 분뿐이십니다.

♥ 또 너희 중에 누가 염려함으로 그 키를 한 자라도 더할 수 있느냐
— (누가복음 12장 25절)

제 5부

네 목회다

저는 제자들, 친구들, 학부모님들, 지인들에게 매주일 아침마다 메시지 전도를 하기 시작했습니다. 한때는 몇 년 동안 한주에 한 번씩 전도엽서를 손편지로 여러 사람에게 보내기도 했는데 핸드폰이 대중화되고 부터는 핸드폰으로 몇 년간 전도 메시지를 보내게 되었습니다. 많은 사람들에게 전도 메시지를 보냈지만 도무지 예수님을 믿는 분들이 없었습니다. 저의 복음 메시지는 메아리가 되어 돌아오지 않았습니다.

유일하게 열매라고 말할 수 있다면 교감선생님 한 분만 예수님을 믿게 되신 것뿐이었습니다.

허 교감선생님께도 교감이 되어 함께 다니면서 꽤 오래 복음을 전했습니다. 교감선생님은 젊은 시절 고난이 왔을 때 주위 친지로부터 복음을 듣고 예수님을 믿게 되었고 이후에 병원에서도 고칠 수 없다고 한 병도 고침을 받았는데 제가 만났을 때에는 예수님을 믿지 않고 절에 심취해 계셨습니다. 그런 교감선생님께 저는 늘 예수님을 전했습니다.

교감선생님의 외동딸은 결혼을 한 뒤 15년이 지나도록 아기가 없어서 하나님의 은혜를 바라며 교회에 다니고 있었는데 그 딸이 아기를 갖게 되었습니다. 교감선생님 딸 장 선생님도 하나님의 은혜로 잉태를 하게 되자 어머니께 하나님께 나아오시라고 했지만 듣지 않고 있다가 마침내 교회를 출석하게 된 것이었습니다.

교감선생님은 딸에게 "너가 오라고 해서 교회에 가는 것이 아니고 전 교감선생님이 오래도록 전도를 해서 교회에 간다."라고 말씀 하셨다고 했습니다.

허 교감선생님처럼 하나님께 많은 사람들이 나아오기를 기도했지만 이 후로 예수 믿겠다고 하신 분은 한 분도 없었습니다.

매 주일마다 무슨 말을 써야 할지 참 힘도 들었고 한계도 느꼈습니다. 하나님의 일이라서 몇 년을 이렇게 버틸 수 있었지 사람의 일이라면 벌써 그만두었을 것입니다. 어느 날 새벽기도를 다녀오면서 '이제는 전도메시지를 그만 보내고 싶어요. 그리고 너무 힘들어요. 열매도 없어 실망스러우니 그만 하고 싶어요'라고 하나님께 투덜댔습니다. 그런데 그때 갑자기 저의 마음속에 울림이 있었습니다.

"그것은 네 목회다!"

하나님께서 저의 마음에 감동을 주셨습니다.
'네? 제 목회라고요?' 나는 이런 생각을 한 번도 해 본 적이 없었는데 하나님께서는 내 목회라고 하셨습니다. 목양을 하는 사람이 어떻게 양들을 힘이 든다고 버릴 수가 있겠습니까? 그러니 이제는 힘이 들어도 열매가 없어도 앞으로만 전진할 뿐이라는 것을 깨닫게 되었습니다.

지금도 하나님께서 분명히 열매를 맺게 하실 것이라는 믿음으로 열심히 쉼 없이 기도하며 전도메시지를 보내고 전화로 목소리도 들으며 전도를 하고 있습니다.

지금도 주일이 오면 '무슨 전도 메시지를 보낼까?'생각하며 영혼 구원을 위해 더 기도하고 힘을 내리라고 다짐합니다.

♥ 하나님의 지혜에 있어서는 이 세상이 자기 지혜로 하나님을 알지 못하므로 하나님께서 전도의 미련한 것으로 믿는 자들을 구원하시기를 기뻐하셨도다
— (고린도전서 1장 21절)

감사 또 감사로

작은 아들은 어릴 때부터 머리가 영리해서 가르쳐 주지 않아도 참 공부를 잘했습니다. 큰아들한테 마음을 쓰느라고 수현이는 한글을 깨우치고 있는지 숫자를 알고 있는지 관심도 갖지 않았고 가르쳐 본 적도 없었습니다. 그런데 작은 아들이 다니던 유치원에서 수현이에게 졸업식 답사를 읽게 하신다고 했습니다. 저는 그때서야 수현이가 한글을 벌써 깨우치고 있다는 것을 알게 되었습니다.

수현이가 고교생활 3년 내내 학교 밴드부에서 악기 연주에만 정신이 팔려서공부에 관심을 갖지 않아 대학교를 입학하기 위해서 재수를 하게 되었습니다. 여러 대학에 시험을 쳤지만 다 떨어지고 마지막으로 한 학교만 발표를 기다리고 있었습니다.

마지막 학교 발표를 하는 그날 지하철을 타고 집으로 가면서 결과가 궁금해서 마음이 탔습니다. 그런데 갑자기 하나님께서 제게 감사하라고 하셨습니다. 그래서 '틀림없이 대학에 합격하였구나'라고 생각하며 집에 도착 할 때까지 주위 사람들도 의식하지 않고 눈물을 흘리며 감사 기도를 드렸습니다.

집에 도착해서 문을 열자마자 "수현아! 대학에 붙었지?"하고 물으니 수현이는 고개를 푹 숙이며 떨어졌다고 말했습니다.

그러면 하나님께서 왜 감사하라고 말씀하셨을까? 그 때는 하나님의 뜻을 알 수가 없었지만 믿음의 연수가 쌓이면서 깨닫게 된 것은 어떤 상황에서도 감사하라고 하신 것 이었습니다. 우리 믿는 사람들은 이래도 감사 저래도 감사 범사에 감사해야 하기 때문입니다.

우리는 언제나 좋은 일에 만 감사하지만 그렇지 않을 때라도 감사해야 함을 그때 깨달을 수 있게 되었습니다. 감사는 우리들의 삶을 이끌어 주는 원동력이 된다는 것을 더욱 알게 되었습니다. 지금도 감사가 부족한 저를 돌아보며 또 다시 감사합니다.

♥ 그리스도의 평강이 너희 마음을 주장하게 하라 너희는 평강을 위하여 한몸으로 부르심을 받았나니 너희는 또한 감사하는 자가 되라

— (골로새서 3장 15절)

하나님이 주신 선물 원!

무엇이든지 잘 먹는 남편과 달리 저와 아들들은 편식이 너무 심했습니다. 주위 분들은 엄마가 학교 다니느라고 아이들을 잘 거두어 먹이지 못해서 저렇게 말랐다고 하시면서 측은하게 생각하셨습니다. 그럴 때마다 저는 난감하기 그지없었습니다. 도시락 반찬을 인스턴트식품으로 넣어 준 적이 별로 없었고 힘써서 집에서 만들었습니다. 열심히 절을 다니면서도 절에서 금기시되어 있었던 음식도 아이들을 위해서 열심히 만들어 먹였습니다. 좋다는 것은 다 먹었습니다.

남편은 언제나 아들에게 무엇이든지 잘 먹고 보기 좋게 살이 있는 처녀를 만나 결혼하라고 말했고 저는 믿음이 좋고 우리 집 경제 사정과 비슷하며 형제가 많은 처녀를 데리고 오라고 했습니다. 그러면 큰아들은 "눈이 큰 여자를 만날 거에요."라고 말했습니다.

다른 믿음의 친구들은 자녀들의 배우자를 놓고 어릴 때부터 하나님께 조목조목 기도한다고 했습니다. 그런데 저는 우선적으로 할 기도가 많아서 아들의 배우자를 놓고 기도해 본 적이 없었습니다. 언제나 우리 셋은 이런 사람을 만났으면 하고 서로 말씨름만 한 것뿐이었는데 하나님께서는 우리들의 오가는 말도 그냥 지나치시지 않으시고 우리들이 말한 것 중의 한 가지도 빠뜨리지 않고 갖춘 며느리를 큰아들의 배우자로 우리 가정의 자부로 주신 것이었습니다.

토요일 마다 함께 저의 아파트에서 아이들에게 복음을 전한 이 선생은 4남매의 맏딸이었으며 다섯 살부터 혼자서 교회를 다니면서 가족 전도를 했습니다. 믿음이 정말 좋고 마음씨도 곱고 외모도 어여쁜 아가씨였습니다. 그리고 몸도 날씬하면서도 키가 크고 눈은 왕방울만 했습니다. 무엇이든지 가리지 않고 잘 먹었고 아버지는 공직에 계셨으며 생활 형편도 우리와 비슷했습니다. 알뜰하고 무엇이든지 아껴 쓰며 베풀 줄 아는 이 선생이었습니다.

저는 이 며느리를 하나님께서 주신 선물이라고 생각합니다.
토요일의 자유로움을 뒤로 하고 우리 집에서 새 소식반을 하면서 아이들에게 복음을 전했기 때문입니다.
이 모두는 하나님께서 하신 것입니다. 우리 가정에 주신 최고의 선물인 큰 자부를 우리는 지금도 늘 하나님의 선물이라고 생각하며 감사하고 있습니다.

♥ 우리가 알거니와 하나님을 사랑하는 자 곧 그의 뜻대로 부르심을 입은 자들에게는 모든 것이 합력하여 선을 이루느니라   - (로마서 8장 28절)

혀와 입

처음 주님을 만나고 집에서 먼 거리인 경상남도와 부산의 경계 낮은 야산에 있는 밀알교회를 섬기면서 그냥 기쁘고 행복하고 즐겁기만 했습니다. 초보운전을 겁내지 않고 한 밤중도 마다하지 않고 교회와 집을 오갔습니다. 지금 와서 생각하면 전적인 하나님의 은혜였습니다.

성도님들이 기도할 때 이상하게 알아듣지도 못하는 말로 기도를 하곤 했습니다. 그래서 동갑내기 최사모(그때는 집사)에게 물으니 방언인데 하나님께서 주시는 선물이고 방언으로 기도하면 기도가 잘 된다고 했습니다. 그때부터 저는 성경말씀도 잘 모르는 초보신자로서 방언을 사모하게 되었습니다. '나도 언제쯤이면 방언으로 기도를 할 수 있을까?' 생각하며 성도들이 방언으로 기도하는 모습을 보고 무척이나 부러워했습니다. 그러면서 시도 때도 없이 까만 밤에도 교회에 가서 '방언을 주세요'라고 생 때를 부리며 기도하였습니다. 방학 때면 밤을 지새우며 철야 기도도 하였습니다. 방언을 받기 위해서 기도도 했지만 무조건 교회가 좋고 기도도 많이 하고 싶은 참 행복한 때였습니다.

철야기도 때 김 목사님의 기도를 받았는데 갑자기 제 입에서 이상한 말들이 쏟아져 나오기 시작했습니다. 방언기도라는 것을 알고 뛸 듯이 기뻐하며 더 열심히 방언으로 기도를 했습니다. 방언 찬송도 했습니다. 너무 행복했습니다. 다른 사람들도 다 그런가 했는데 방언으로 기도를 하지만 자기가 무엇을 기도하는지 모르는 사람들도 있다고 했습니다. 입으로는 알아들을 수 없는 방언으로 기도를 하지만 제 머리 속에서는 우리말로 자세히 알게 하는 그런 기도를 하나님께서 주셨습니다. 하나님께서는 방언의 은사를 주시면서 자기 방언기도를 통역하는 은사도 주셨던 것이었습니다. 정말 감사하기만 합니다.

33년이란 세월이 흐른 지금도 감사하고 또 감사합니다.

기도는 성도의 호흡입니다. 호흡을 하지 않으면 우리가 살 수 없듯이 성도는 기도하지 않고는 살 수 없습니다. 하나님과의 교통이 이루어지고 하나님의 뜻을 알아가길 간절히 바라며 오늘도 기도 하고 있습니다.

♥ 어떤 사람에게는 능력 행함을 어떤 사람에게는 예언함을 어떤 사람에게는 영들 분별함을 다른 사람에게는 각종 방언 말함을 어떤 사람에게는 방언들 통역함을 주시나니
　　　　　　　　　　　　　　　　　　- (고린도전서 12장 10절)

마태복음 16장 16절

배상익 큰아들이 목사고시를 치기 위해서 준비를 하고 있었습니다. 고시라는 이름이 붙을 정도로 목사가 되기까지는 공부하는 기간도 길고 시험도 어렵습니다.

목사고시 전 날 배목사가 대학교 도서관에서 공부를 하다가 밤 10시쯤 가방을 챙기고 집에 가려고 하는데 갑자기 마음에 말씀 한 구절을 읽어가야겠다는 생각이 들었다고 합니다. 그래서 다시 가방을 풀고 성경책을 꺼내어서 눈에 들어 온 마태복음 16장 16절을 읽었다고 합니다.

다음날 면접을 보는 시간 면접관 목사님께서 이것저것 물어보신 후 마지막으로 마태복음 16장 16절을 외워 보라고 하셨다고 합니다. 배목사는 어제 집에 가려다가 다시 가방을 풀고 성령님이 주시는 감동으로 마태복음 16장 16절을 묵상하고 왔는데 그 말씀을 외우라고 하시니 깜짝 놀랐다고 합니다.

베드로의 신앙고백인 마태복음 16장 16절 말씀은 "주는 그리스도시요 살아계신 하나님의 아들이십니다"라는 말씀입니다. 정말 하나님은 정확하시고 사랑이 많으신 분이십니다. 어떻게 이런 감격적인 은혜를 베풀어주셨는지 지금도 생각하면 마음이 행복해집니다. 주님의 종의 앞길을 환하게 비추어 주시는 우리 하나님이십니다.

한국교육자선교회 전국 연찬회가 부산에서 열렸을 때 목사 고시 때 면접을 보신 감독관목사님이 말씀을 전하러 오셨는데 제가 면접 때 있었던 일을 말씀 드렸더니 목사님께서도 하나님의 은혜에 감사하시며 "하나님께서 배목사를 매우 사랑하십니다." 라고 말씀하셨습니다. 지금도 그때를 생각하면 가슴이 벅차기만 합니다.

우리의 모든 형편을 아시고 축복하시는 하나님 감사합니다.

♥ 시몬 베드로가 대답하여 이르되 주는 그리스도시요 살아계신 하나님의 아들이시니이다
— (마태복음 16장 16절)

생일선물

추석 날 배목사를 보니 평소와 다르게 마음이 평안해 보이지 않았습니다. 배목사가 두 달이나 섬기는 교회가 없이 지내고 있었는데 남편과 제가 걱정을 할까 봐 말을 하지 않았던 것이었습니다. 새벽마다 배목사가 섬기는 교회이름을 부르면서 잘 섬기게 해 달라고 기도를 했는데 두 달이나 저는 목적 없는 기도를 한 것이었습니다. 그 날부터 섬길 교회를 놓고 '하나님의 종이오니 하나님께서 하셔야 합니다'라며 조목조목 세심하게 기도를 드렸습니다.

'첫째 집이 가까운 교회를 섬기게 해 주세요. 둘째 새벽기도를 빠뜨리지 않고 드릴 수 있는 교회로 보내 주세요. 셋째 인격적인 담임 목사님이 계신 교회로 보내 주세요. 넷째 오래 섬길 수 있는 교회로 보내 주세요' 라고 열심히 기도했습니다.

저와 배목사, 큰 자부의 생일이 10월 마지막 주 중에 다 들어 있었습니다. '세 사람이 다 10월 생일이니 이 10월 안에 꼭 섬길 교회를 생일 선물로 주세요'라고 하나님께 간절히 기도했습니다.

10월 마지막 주 중에 조카의 결혼식이 있었습니다. 결혼식을 마치고 식사를 하려고 하는데 배목사의 전화벨이 울렸습니다. 배목사는 기쁜 목소리로 섬길 교회가 결정 되었다고 했습니다.

집에서 차로 10분 정도 걸리는 교회였고 담임 목사님은 온유하시고 인격이 좋으신 분이셨습니다. 새벽기도 때마다 성도들을 위해 차를 운행해야 하기 때문에 늘 새벽기도를 드려야 했고 담임 목사님께서 오래 교회를 섬겨야 한다고 말씀하셨다고 했습니다. 정말로 하나님께서는 제가 기도한 대로 응답하셔서 저의 기도 제목이 모두 이루어진 교회를 섬기게 하셨습니다.

우리의 기도를 한 가지도 땅에 떨어뜨리지 않고 이루어주시는 하나님께 감사드립니다. 이 교회를 잘 섬기다가 선하신 하나님께서 담임목회의 길도 열어 주시리라 믿고 기도하고 있습니다. 주님! 우리의 기도를 하나도 땅에 떨어뜨리지 않고 응답하시는 하나님께 영광과 찬송을 올려드립니다.

♥ 아무것도 염려하지 말고 다만 모든 일에 기도와 간구로 너희 구할 것을 감사함으로 하나님께 아뢰라 그리하면 모든 지각에 뛰어난 하나님의 평강이 그리스도 예수 안에서 너희 마음과 생각을 지키시리라
— (빌립보서 4장 6, 7절)

천사의 손길

우리 가정에 처음으로 손녀가 태어났습니다. 이름도 예쁘고 마음씨도 곱고 얼굴도 어여쁜 손녀는 하나님께서 우리 가정에 주신 첫 번째 태의 선물입니다. 남편은 주님의 은혜라며 '배주은' 이라고 이름을 지었습니다.

주은이가 태어난 기쁨으로 선물을 하기 위해서 남편과 만날 장소로 갔습니다. 다른 곳의 지하도 보다 유달리 깊은 그 지하도 첫 계단을 내려가려고 첫 발을 들은 것은 기억이 나는데 그 후의 일은 기억이 나지 않았습니다. 정신을 차리고 보니 제가 지하도의 계단을 굴러 내려가고 있었습니다. 한 번 구르니 머리가 쿵 받치고 두 번 구르니 엉덩이가 쿠웅하고 부딪혔습니다.

그렇게 머리 한 번 엉덩이 한 번 굴러 가다가 중간 넓은 곳에 가서 멈추었을 때 가방은 저쪽에 나뒹굴어져 있고 저는 정신이 멍 한 채로 앉아 있었습니다. 그때 계단을 올라오시던 분이 깜짝 놀라며 저에게 병원으로 가야 한다고 말했습니다. 몸을 이리저리 움직여 보고 얼굴도 만져 보니 별 이상이 없는 것 같았습니다. 저는 병원으로 갈 생각도 하지도 않고 손녀에게 줄 선물을 사러 갔습니다. 집으로 돌아오는 길에 약국에 들러서 조금 전에 제가 지하도 계단에서 굴렀다고 말하니 약사가 깜짝 놀라면서 어디 깨어진 곳이나 다친 곳이 없냐고 물었습니다. 없다고 하니 참

신기하다고 하면서 분명히 어딘가가 깨지고 부러졌어야 한다고
했습니다.

약을 먹고 목욕을 하고 잠을 잤습니다. 아침에 일어나 보니
아픈 곳도 없고 멍만 몇 군데 들었을 뿐 이상이 없었습니다. 몸
살도 나지 않았고 멀쩡했습니다. 출근을 해서 살펴보아도 아무
이상이 없었습니다.

제부는 천사가 받쳐 주었다고 말했습니다. 그렇게 깊은 지하도
계단에서 굴렀는데도 이렇게 다친 곳이 하나도 없이 멀쩡하니
하나님의 은혜가 무궁합니다.

하나님께서 도와주시지 않으셨더라면 병원 신세 지고 크게
고생을 하였을 것입니다. 불꽃같은 눈동자를 지켜주시는 하나
님께 참으로 감사할 뿐이었습니다.

♥ 사람이 만일 온 천하를 얻고도 자기 목숨을 잃으면 무엇이 유익하리요 사람이
   무엇을 주고 자기 목숨과 바꾸겠느냐   — (마가복음 8장 36, 37절)

약보따리 선생님

제가 제일 잘하는 것은 밥을 잘 먹지 않고 굶는 것이었습니다. 반찬도 가려 먹어서 홀로 네 자녀를 키우시느라고 고생하시는 어머니를 더 많이 힘들게 했습니다. 그리고 모두가 깜짝 놀랄 정도로 몸이 차가웠습니다. 일 년 내 여러 곳의 병원을 다니기도 했고 좋다는 갖가지 약초를 삶아 먹어도 보았지만 몸은 따스해지지가 않았습니다. 몸에 좋다고 소문난 것은 거진 다 먹어보았습니다. 까닭 없이 몸 여러 곳이 가려워서 고생도 많이 했고 심지어는 양쪽 턱 밑은 꼭 돌덩이들이 들어 있는 것처럼 울퉁불퉁 튀어 나와 있었습니다. 생활의 불편이 이만저만이 아니었습니다. 그래서 함께 근무하시던 선생님들이 "약보따리 선생님!"이라는 별명까지 붙여 주셨습니다.

제가 먹는 것을 너무 가리기 때문에 회식 할 때마다 선생님들께서 제 눈치를 살피며 몹시 부담스러워 하셨습니다. 결혼을 해서 처음 시댁에 갔을 때도 시아버지께서 "밥 먹는 것부터 배워라." 라고 말씀하셨습니다.

예수님을 믿고 나서 함께 근무하시는 선생님들과 친구, 지인들이 저의 먹는 것을 보고 너무 달라졌다고 웃으시며 신기하게 쳐다보았습니다.

저도 모르게 아무 것이나 가리지 않고 잘 먹고 이전 보다 훨씬 많이 먹는 모습으로 달라진 것이었습니다. 그래서 그런지 어느 사이 저를 그렇게 힘들게 했던 이 곳 저 곳의 가려움증이 완전히 나아버렸습니다. 그동안 저를 속박하고 있던 모든 가려움증, 피부염이 하나님의 은혜로 깨끗이 사라지고 말았습니다.

사람을 바꾸시는 그 분! 우리가 분토이며 체질을 아시고 고쳐 주시는 하나님! 그 분은 하나님의 능력이시며 은혜이시며 사랑이십니다.

♥ 사랑하는 자여 네 영혼이 잘됨 같이 네가 범사에 잘되고 강건하기를 내가 간구하노라
　　　　　　　　　　　　　　　　　　　　　　　　　 — (요한삼서 1장 2절)

그렇구나! 그렇구나!! 그렇구나!!!

저는 평소에 여러 가지 면에서 걱정도 많고 근심도 많고 믿지도 못했고 의심이 많았습니다. 모든 일을 제 손으로 하지 않으면 마음이 놓이지 않았습니다. 그리고 결백증이라고 할 수 있을 만큼 언제나 깨끗한 것을 추구하고 살았습니다. 학교를 퇴근 해 오면 장화를 신고 집 안팎을 깨끗하게 청소했습니다. 아이들의 장난감도 씻고 삶고 햇볕에 말렸습니다. 그래서 한동네 살던 동네 분들과 한 집에 살던 학부모님께서도 "선생님 좀 쉬세요."라고 하면서 고개를 내저었습니다. 남에게 싫은 소리는 하기 싫고 듣기도 싫었던 만큼 자기 자신에게 엄격한 삶을 살았습니다. 돌다리도 두드려 가며 건넌다는 말이 어울리는 사람이었습니다.

그런 제가 예수님을 믿게 되었습니다.
믿음이 좋은 사람들도 믿기 어려운 창세기 1장 말씀을 통해서 하나님을 인격적으로 영접하게 되었습니다.
"하나님께서 말씀으로 세상을 창조하시고 하나님께서 보시기에 좋았더라"라는 말씀에 은혜를 받게 되었습니다. 이 말씀을 읽고 저는 갑자기 고개가 끄덕여지며 하나님이 기뻐하시는 모습이 떠올랐습니다. 전혀 의심이 가지 않았고 완전히 믿어졌습니다.

"그렇구나! 와! 대단하시다. 정말 천지를 하나님께서 지으셨다.

그것도 말씀으로 지으셨다."

　이후에 저는 이 말씀이 늘 마음에 와 닿았습니다. 그리고 언제나 이 말씀으로 하나님은 살아계시고 온 우주의 주인이시라는 것을 생각하게 되었습니다. 모든 것에 의심이 많고 돌다리도 두드리며 건너던 저에게 이 말씀에 확신이 생기고 은혜롭게 들리게 된 것은 모두 하나님의 은혜임을 지금도 생각합니다.

♥ 하나님이 지으신 그 모든 것을 보시니 보시기에 심히 좋았더라 저녁이
　되고 아침이 되니 이는 여섯째 날이니라　　　　　－(창세기 /장 3/절)

기도하는 자식은 망하지 않습니다

배목사를 흔히들 말하는 좋은 대학에 보내기 위해 저의 욕심으로 중학교 때부터 개인과외도 시키고 고등학교 때는 기숙과외도 시켰습니다. 그런데 배목사가 재수까지 하며 대학교 시험을 쳐도 자꾸 떨어지는 것이었습니다. 우리 가정을 위해 기도해 주는 친구가 목사가 되어야 하는 아들을 일반대학에 보내려고 하니 원서를 넣어도 다 떨어질 것이라고 말했습니다. 제가 처음 예수 믿고 서원기도는 꼭 지켜야 하는 것인지도 모르고 하나님의 은혜에 너무 감사해서 '큰아들 배상익은 목사가 되게 해 주시고 작은 아들 배수현이는 물질로 주의 일 하게 해 주세요'라고 기도를 했었습니다.

남편이 목사는 절대 안 된다고 반대를 했고 배목사도 왜 엄마가 자기의 삶을 이렇게 저렇게 정하느냐고 하면서 새벽마다 일찍 일어나서 새벽기도를 드려야 하는 것도 자신이 없다고 말했습니다. 그래서 저도 신학을 하게 하는 것을 포기하게 되었습니다.

배목사는 첫해에 모든 대학을 실패하고 재수를 하고도 대학 진학이 힘이 들었습니다. 그나마 합격 된 대학은 그 때 취업이 잘 된다고 해서 경쟁률이 높을 관광과였습니다. 처음에는 너무 좋아서 등록금을 넣었습니다. 그런데 가만히 생각해 보니 주일 예배를 잘 드리지 못할 것 같았습니다. 남편과 저는 믿음이 제일이라고 생각하고 포기하고 말았습니다. 이제는 이름도 없는 후기학교 두어 군데만 발표를 기다리고 있을 수밖에 없었습니다.

1차 시험에 모두 탈락하고 제가 이불을 뒤집어쓰고 누워 있었는데 배목사가 방문을 쬐금 열고 "엄마! 기도하는 자식은 망하지 않습니다. 저 때문에 믿음 잃지 마세요."라고 말했습니다. 그 말을 듣고 다시 용기를 내어 새벽기도를 드리러 갔을 때 하나님께서 저에게 말씀으로 위로를 주셨습니다.

"너는 마음에 근심하지 말라. 하나님을 믿으니 또 나를 믿으라."

요한복음 14장 1절 말씀을 마음에 울림으로 주셨습니다. 우리는 하나님의 말씀에 힘을 얻었습니다. 이후 이 말씀을 암송하면 언제나 힘이 납니다. 말씀이 생명입니다. 말씀이 육신이 되어 오신 예수님을 찬양합니다.

♥ 너희는 마음에 근심하지 말라 하나님을 믿으니 또 나를 믿으라

— (요한복음 14장 1절)

이름이 같네

　교감으로 근무 하는 것이 너무나 힘에 겨워서 스트레스성
신경약도 먹으며 힘든 나날을 보내고 있었습니다.

　점심시간에 학교의 쪽방에서 나오면서 생각 없이 신을 신으
려다가 넘어져서 왼쪽 팔목에 골절을 입게 되었습니다. 엎친 데
덮친 격으로 수술까지 하고 깁스를 하게 되어 하루하루가 너무
견디기가 어려웠습니다.

　깁스를 하고 학교 출근도 못하고 6인실 방에서 입원을 하고
병원생활을 하게 되었습니다. 그 중에 저보다 나이가 어리고 저와
이름이 똑같은 자매가 있었는데 우리는 이름이 같아서 즐겁게
친하게 서로 위하면서 지냈습니다. 주일날 환자복을 입고 병원
주위에 있는 교회에 예배를 드리러 갈 때마다 예수님을 믿지 않는
자매도 함께 가서 예배를 드렸습니다. 자연스럽게 예수님을
전했고 퇴원 후에는 집 주위에 있는 교회에 출석하며 예수님을
믿게 되었습니다.

　깁스 때문에 왼팔을 쓰지 못해서 오른 손으로만 학교 업무와
집안일을 하니 오른쪽 팔목이 견디다 못해서 아프기 시작했습
니다. 두 팔이 모두 아파서 생활하기도 힘들고 피곤하여 어떻게
하나 걱정하면서 병원치료도 해 보고 침 치료도 해 보았지만 낫지

않고 힘든 생활을 하고 있었습니다.

"동생은 초신자이니 하나님께서 동생의 기도를 잘 들어 주실
거야. 내 오른쪽 팔목 속히 낫게 해 주시라고 하나님께 기도 좀 해
줘."라고 지나치는 말로 했습니다. 그런데 동생의 기도 응답으로
그렇게도 아프고 불편했던 손목이 거짓말 같이 나았습니다.
동생이 "언니! 하나님께 언니 손목 낫게 안 해 주시면 저 교회
안갑니다. 그러니 언니의 손목을 낫게 해 주세요."라고 기도했
다고 했습니다.

하나님께서는 거짓 없고 진실한 초신자 동생의 기도에 응답
해 주신 것이었습니다. 지금도 든든한 두 팔목을 보며 하나님의
은혜에 감사합니다.

♥ 그런즉 믿음, 소망, 사랑, 이 세가지는 항상 있을 것인데 그 중의 제일은
사랑이라   – (고린도전서 13장13절)

제6부

건강염려증도 우상숭배다

저는 1남 3녀의 장녀로써 8살부터 홀어머니의 보살핌 속에서 자랐습니다. 어디가 아프다고 하면 어릴 때 영양식을 못 먹였기 때문이라고 하시는 말씀 속에서 30세에 홀로 되셔서 4남매를 기르신 어머니의 한이 묻어 있는 것 같았습니다.

결혼을 해서 아들 둘 낳고 나니 더 많이 야위었습니다. 교직생활을 하면서 힘도 들었지만 그런대로 잘 지내 왔습니다. 쉰 살이 넘고부터 이곳저곳 아픈 곳이 생겨서 대수술도 했고 입원도 몇 차례 했었고 승진을 하고 나니 더욱 힘이 들어서 스트레스성까지 생겨서 고생도 많이 했습니다. 그래서 그런지 몸에 조그만 증상이 생겨도 병이 났나? 하면서 염려를 하게 되었습니다.

남편도 예수님을 믿기 전에는 야위었고 아들 둘도 야위어서 우리 가족은 삐쩍 마른 가족이었습니다. 남편은 예수님을 믿고 나서 오래전에 남편을 본 사람은 못 알아볼 정도로 살이 붙었습니다. 남편은 열심히 운동을 해서 살을 빼기 위해 노력하고 저는 많이 먹어서 살이 찌기 위해 애를 썼습니다. 그래서 언제나 습관적으로 몸무게를 달아 보았습니다. 몸무게가 조금이라도 오르면 기분이 좋고 내리면 마음이 상했습니다.

어느 날 새벽에 기도를 하고 있는 중에 하나님께서 "건강 염려증도 우상숭배다."라고 마음에 강한 감동을 주셨습니다.

깜짝 놀랐습니다. 건강 염려증도 우상숭배라니 기가 막혔습니다. 건강 염려증에서 벗어나지 못하고 전전긍긍 하는 것을 보신 하나님께서 저를 불쌍히 여기셔서 그렇게 말씀을 하신 것이었습니다.

'그렇구나! 나를 사로잡고 있는 건강 염려증을 갖게 하는 마귀로부터 주님께서 지켜 주시고 불쌍히 여겨 주셨구나'라고 깨닫게 되었습니다.

이후부터 저도 모르게 건강 염려증이 슬며시 밀려오면 '아니? 하나님께서 제일 싫어하시는 우상숭배를 하다니?' 하면서 건강 염려증을 떨쳐 버렸습니다. 저의 구석구석 세심한 마음에도 관심을 가져 주시는 하나님! 모든 일에 하나님께 의지하고 살아가기를 바라신다는 것을 알게 되었습니다. 여호와 라파! 오직 주님만 섬기겠습니다.

♥ 순종이 제사보다 낫고 듣는 것이 숫양의 기름보다 나으니

— (사무엘상 15장 22절)

양숙이 이모

　어머니의 여동생 양숙이 이모는 제가 어릴 때 함께 살았습니다. 아버지를 여의고 어머니가 우리 네 자녀를 키우기 위해서 장사를 하셨기 때문에 남동생이 갓 태어났을 때 양숙이 이모가 업어 키웠습니다.

　양숙이 이모가 힘든 일로 인해 팔이 아프게 되었습니다. 잘 낫지도 않아 이모의 마음을 매우 힘들게 했습니다. 남편과 저는 이모에게 예수님을 전하기 시작했습니다. 이모는 여러 번에 걸쳐서 복음을 전하는 우리에게 마음을 열기 시작했고 마침내 우리가 섬기는 교회에 출석하게 되었습니다. 주일마다 이모를 교회에 모시고 다니면서 이모의 아픈 팔이 낫기를 기도했습니다.
　그러던 어느 날 "병원을 그렇게 다녀도 낫지 않았는데 나았다. 내 아픈 팔이 나았다."이모가 기쁘게 말했습니다.
　병을 치료해 주신 하나님께 감사하며 이모는 열심히 믿음 생활을 하게 되었습니다. 이모가 이사를 가게 되어 이모 집과 가까운 교회를 섬기게 되었습니다. 이모부가 교회를 안가고 저의들과 같은 교회를 안 섬기니 이모가 예배를 잘 안 드렸습니다.

　사직운동장에서 집회를 하게 되었는데 저는 간절히 기도하며 이모부와 이모를 초대했습니다.

믿지 않는 사람은 예수님을 영접하게 되었고 믿는 사람들은 감사로 예배를 드리고 힘차게 은혜롭게 찬양도 불렀습니다. 그런데 이모부가 찬양을 정말 잘 부르는 것을 보고 깜짝 놀라서 "이모부! 어떻게 그렇게 찬양을 잘하세요?"하고 물으니 "나도 어렸을 때 교회에 다녔어."라고 말씀하셨습니다. 저는 뛸 듯이 기뻐하며 이모와 함께 이모부도 집 앞에 있는 교회에 꼭 출석해서 예배를 드려야 한다고 여러 번 말씀을 드렸습니다.

　이후에 이모부와 이모는 교회에 출석하며 예배를 잘 드리게 되었습니다. 지금은 아쉽게도 이모부는 일하러 지방으로 다니고 이모는 서울 딸집에서 손자를 돌보느라고 예배를 잘 못 드리고 있지만 언제나 이모는 지금도 그때 자신을 팔을 낮게 하신 하나님께 감사한다고 말했습니다.

♥ 예수께서 이르시되 할 수 있거든이 무슨 말이냐 믿는 자에게는 능히 하지 못할 일이 없느니라 하시니　　　　　　　- (마가복음 9장 23절)

유경이

동생 명희 작은 딸 유경이가 결혼을 하게 되었습니다. 우리가 연산동에서 살 때 2층에서 태어나고 자라서 그런지 우리는 유독 유경이를 귀여워했는데 무럭무럭 잘 자라서 좋은 직장에 취업하여 즐겁게 다니다가 마침내 멋진 배우자를 만나서 결혼을 하게 된 것입니다.

악병 때문에 마스크로 얼굴을 가려야 하는 때라서 날씨라도 좋아야 하기 때문에 항상 빠짐없이 새벽에 기도할 때마다 '결혼식 날 좋은 날씨 주세요'라고 기도를 했습니다. 명희동생은 어떻게 그런 기도를 하나님께 하냐고 말했지만 우리는 연약하니 하나님께 도움을 구해야 한다고 말하고 매일 열심히 기도를 했습니다. 그런데 결혼식을 앞두고 며칠간 폭우도 퍼붓고 좋지 않은 날씨가 계속되었습니다.

유경이가 서울에서 내려오는 결혼식 전날도 폭우가 와서 비행기가 착륙도 못할 지경이 되었습니다. 명희동생은 비행기가 착륙을 못할 것 같다고 걱정을 했습니다. 그런데 유경이가 타고 오는 비행기가 착륙할 시간 희안하게도 그렇게 퍼부어 대던 비가 그친 것이었습니다. 유경이도 '착륙을 못하는 것이 아닌가?' 하고 걱정을 했는데 이모가 기도를 해 주어서 거짓말 같이 비가 그쳐서 무사히 비행기가 착륙을 할 수 있게 되었다면서 하나님의 은혜에 감사를 드렸습니다.

7월 토요일 결혼식 날은 정말로 더 좋은 날씨를 하나님께서 주셨습니다. 구름이 반쯤 하늘을 가려서 마스크를 한 얼굴이 전혀 덥지 않았습니다. 하나님께 좋은 날씨를 주시라고 어떻게 그런 기도를 하냐고 했던 명희동생도 덥지도 않고 정말 좋은 날씨였다고 감사했습니다. 동생이 뭐 그런 것 가지고 기도를 하느냐고 말했을 때 조금은 무안했었지만 좋은 날씨였다고 말했을 때 너무 기뻤습니다.

그렇습니다. 우리는 한 치 앞도 볼 줄 모르는 인간입니다. 그렇지만 하나님께서 인간을 지으시고 좋아하셨습니다. 그리고 우리들의 기도를 기뻐하십니다. 우리들의 기도는 언제나 향기가 되어 하나님의 보좌를 움직입니다. 감사합니다. 하나님!

♥ 내가 산을 향하여 눈을 들리라 나의 도움이 어디서 올까 나의 도움은 천지를 지으신 여호와에게서로다
— (시편 122편 1, 2절)

하나님이 주신 선물 투!

작은 며느리는 중학교 3학년 때 가족이 모두 호주 멜버른으로 이민을 가서 그 곳에서 공부를 하였습니다. 언제나 작은 며느리를 생각하면 하나님께 죄송하고 사돈께도 미안하기만 합니다. 딸을 잘 키워서 좋은 직장도 갖고 훌륭한 가문에 결혼을 시킬 꿈이 있었을 텐데 직장생활도 한번 해 보지 못하고 꿈도 피워 보지 못한 채 작은 아들과 결혼을 하게 된 것입니다.

저의 시아버지와 시어머니는 10살 차이가 났는데 며느리도 아들과 10살이나 차이가 났습니다.

큰 며느리도 착하지만 작은 며느리도 참으로 착하고 고운 심성을 가지고 있었습니다. 함께 몇 해를 살았지만 화를 내거나 울거나 속상해 하거나 나쁜 말을 한 적이 없었습니다. 제가 생각한 것 이상으로 아기도 잘 키우고 음식도 잘하고 믿음 또한 좋아서 함께 있을 때 마음이 불편하다고 느낀 적이 한 번도 없었습니다. 지금도 멜버른에서 전화를 하면 항상 웃는 목소리로 그동안 못한 이야기들을 오래도록 합니다.

멜버른에서 작은 아기도 낳고 큰아기를 키우며 생활하다가 2019년 2월에 며느리의 병 치료를 위해서 가족 모두가 한국에 와서 병원에 입원을 해서 혹을 제거하고 멜버른으로 돌아갔습니다.

다음해 초에 시술한 주위에 염증이 생겨서 물이 나온다고 했습니다. 병원에 다니며 치료를 해도 낫지 않으니 병원에서는 수술을 해서 물을 빼내어야 한다고 했다며 걱정스럽게 기도해 달라고 했습니다.
　우리 가족 모두에게 하나님께서 치유의 은총을 베풀어 주신 것을 생각하며
　"아픈 부위에 손을 얹고 하나님께 간절히 기도해라. 하나님께서 낫게 하실 거야."라고 말했습니다.
　저도 그때부터 하나님께 작은 며느리의 시술 주위 염증을 치료해 주시기를 간절히 기도했습니다.

　"하나님! 저는 기도하다가 포기하지 않습니다. 하나님께서 응답해 주실 때까지 끝까지 기도합니다."
　중도포기를 모르는 제 성격 때문에 힘들 때도 많지만 기도는 성도들의 호흡이라고 생각하기에 절대로 쉬지 않았습니다.
　"어머니! 기도하고 있었는데 어느 새 염증이 나아서 물이 나오지 않습니다."라고 알려 왔을 때 "여호와 라파! 할렐루야!"라고 소리쳤습니다.
　하나님께서는 포기하지 않고 기도하면 반드시 우리들의 기도에 응답해 주십니다.

　"하나님! 기도할 때 저를 천국으로 데리고 가 주십시오. 기도를 쉬는 죄를 범하지 않게 도와주시옵소서."
　오늘도 쉬지 않고 기도의 탑, 하나님께서 인도하시는 기도의

탑을 쌓아 갑니다.

♥ 나는 너희를 위하여 기도하기를 쉬는 죄를 여호와 앞에 결단코 범하지아
니하고 선하고 의로운 길을 너희에게 가르칠 것인즉 - (사무엘상 12장 23절)

우리는 파송 선교사

　승진을 위한 점수를 받기 위해서 강서구에 있는 학교에 근무하게 되었습니다. 강서구에 있는 많은 학교 중에서 학급수도 많고 큰 도로변에 있는 교통도 좋은 학교, 모두가 근무하고 싶어 하는 학교에 하나님의 은혜로 전근을 오게 된 것이었습니다.

　넓은 운동장에 이름 모를 나무들과 열매를 맺는 유실수 종류가 헤아릴 수 없이 많은 꿈같은 학교였고 가을이 되면 아름드리 큰 은행나무는 열매를 많이 맺어서 은행을 줍기도 하고 갖가지 무농약 자연 식물들을 밥상 위에 올리며 즐겁게 학교생활을 했습니다. 주위에는 화원이 많아서 아름다운 꽃들도 철마다 구경하기에 정말 좋은 학교였습니다.

　누구보다 일찍 등교를 해서 교무실에 오시는 선생님께 차도 대접을 하면서 행복한 학교생활을 했습니다.

　전근을 가서 곧바로 아이들이 하교한 다음 다섯 선생님이 모여서 신우회모임을 하게 되었습니다. 모두 예수님을 잘 믿는 분이셨기에 우리는 학교와 아이들을 위해 기도하며 행복한 신우회모임을 했습니다.

　그러던 어느 날 교장선생님께서 "이제부터는 학교에서 종교모임은 하지 마세요."라고 말씀하셨습니다.

　절대로 신우회모임을 중단할 수 없었기에 학교 가까이에 있는

행정실에서 근무하는 이자매가 섬기는 교회에서 감사하며 신우
회모임을 하게 되었습니다.

   행정실에서 근무하던 이자매가 학교를 그만 두고 아제르바이
잔에 컴퓨터선교사로 가고 싶다고 했습니다. 아제르바이잔은
회교국이었기에 마음 놓고 복음을 전할 수가 없는 나라였습니다.
그리고 자비량 선교사로 가야 하기에 생활비는 누군가가 부담을
해야 한다는 것이었습니다. 우리는 이렇게 좋은 직장을 버리고
가는 것도 그렇고 아가씨 몸으로 어떻게 가려고 하는지 그리고
그곳에서 쓸 생활비는 어떻게 해야 하는지에 대해 이야기를
나누었습니다. 자매의 집 형편도 어렵고 섬기고 있는 교회도
재정이 없다는 것이었습니다.

   하나님에 관한 일이라면 미루거나 뒤도 돌아보지 않는 제 성격
대로 "이것은 하나님의 뜻이야!"라고 생각하면서 "선교사를 파송
합시다. 하나님 일을 합시다."라고 말하니 믿음의 선생님들이
함께 물질과 기도로 자매님을 후원하기로 하였습니다.
   마침내 후원회가 결성 되어 자매님은 아제르바이잔으로 선교를
가게 되었습니다.

   우리는 아제르바이잔과 선교사님을 위해 기도하고 후원하게
되었습니다. 선교사 자매는 1년 동안 있으면서 선교활동을 하였
는데 그 나라에서는 처녀 혼자의 몸으로서는 선교하기가 힘이
들기에 결혼을 하고 다시 오리라고 하면서 새로운 꿈을 가지고

나왔습니다. 그런데 하나님께서는 더 좋은 고등학교 행정실에서 근무하게 해 주셨습니다.

  배상익 목사와 함께 공부한 친구 목회자와 이 자매를 소개해 결혼을 하게 되었습니다. 감사하게도 하나님께서 귀여운 딸도 주셔서 행복한 가정을 이루며 살고 있습니다. 아마도 자매는 언젠가는 또 선교사로 가겠다는 마음을 가지고 있을 것이라고 생각합니다. 하나님은 언제나 사람을 통해서 일하십니다. 지금도 선교사를 파송했던 그때를 생각하면 정말 행복합니다.

♥ 내가 복음을 전할지라도 자랑할 것이 없음은 내가 부득불 할 일임이라만일 복음을 전하지 아니하면 내게 화가 있을 것이로다
                                                    - (고린도전서 9장 16절)

영자이모

　어머니는 형제 중에서 유독 영자이모를 좋아했습니다. 영자
이모도 어머니를 좋아하며 형제 중에서 우리 어머니와 많이 닮
았다고 했습니다. 이모가 딸과 아들을 따라 호주로 이민을 가기로
결정한 순간부터 어머니는 "우리 영자 가면 나는 우짜노?"라고
말씀하시면서 우시곤 하셨습니다. 어릴 때 함께 자랐고 더군다나
이모부는 남편 친구로 남편과 제가 만남을 주선해서 결혼을
했기에 더욱더 섭섭했습니다.

　이모가 호주로 이민을 가는 날 열심히 절에 다니며 회장을
하기도 한 이모에게 성경책을 선물로 주면서 꼭 교회에 가서
예수 믿으라고 말했습니다.

　어머니가 어느 날 갑자기 악병으로 쓰러지게 되셨고 5개월
밖에 살 수 없다는 말을 들은 이모는 귀국을 하였습니다. 이모는
집에서 한 달이나 어머니를 모시고 병간호를 했습니다.

　어머니가 소천을 하신 후에 이모는 어머니가 섬겼던 우리
교회에 등록을 하고 예수님을 영접했습니다. 절을 다니느라고
교회에는 한 번도 가지 않았던 이모가 어머니가 소천을 하신 후에
하나님을 믿게 된 것입니다. 이모는 여전도회에서 성도들과
교제하며 섬기기도 잘했습니다. 어머니의 빈자리를 채워 주고

함께 믿음 생활을 하니 너무 기쁘기도 하고 하나님께 전도상도 받았으니 정말 행복했습니다.

　이모부가 버스를 받는 교통사고가 났습니다. 백프로 이모부의 잘못이었고 이모부 차는 완전 망가져 버리고 핸드폰도 깨어지는 사고를 당했지만 이모부는 한 곳도 다친 곳이 없었습니다. 이모부도 자기가 살아있음에 신기하다고 했습니다. 이모와 저는 이 모든 것이 이모의 기도로 하나님께서 보호해 주셨기 때문이라고 생각하며 감사했습니다.

　언제나 새벽마다 이모를 생각하며 이모부도 예수 믿고 구원받게 해 주시고 호주에 살고 있는 딸은 예수님을 믿게 하심 감사하고 아들 가족도 예수 믿고 구원 받기를 기도하고 있습니다. 사랑하는 우리 이모 언제나 믿음 안에서 행복하게 살기를 간절히 기도합니다.

♥ 이르시되 내가 반드시 너에게 복 주고 복 주며 너를 번성하게 하고 번성하게 하리라 하셨더니
　　　　　　　　　　　　　　　　　　　　　　　－ (히브리서 6장 14절)

우리는 하나님의 상급

6학년 담임을 했습니다. 그 해 6학년은 생활지도가 참으로 힘든 아이들이었습니다. 아이들이 교실과 복도 천정에 공을 던져 뻥 뚫리게 하는 바람에 교장실로 불려가서 걱정을 듣기도 했습니다. 그리고 아이들이 나이에 맞지 않는 황당한 질문을 해서 난감하게 할 때도 있었습니다. 동학년 두 분 여선생님은 유순하고 조용한 성품을 가지고 계셨습니다. 저도 예수 믿은 지 얼마 되지 않았기 때문에 옛날의 그 뾰족한 성질을 말씀으로 깎으며 한참 거듭나고 있는 때였습니다. 아이들은 우리를 힘들게 했지만 우리는 서로에게 힘을 주며 즐겁게 생활하고 있었습니다.

하루는 안 선생님이 아주 심각한 표정을 지으며 우울하게 창밖을 내려다보고 있었습니다. 가정에 어려운 일이 생겨서 힘들다고 했습니다. 그 때부터 열심히 예수님을 전하기 시작했습니다. 안 선생님은 마침내 하나님을 인격적으로 만나게 되었습니다. 그리고 제가 섬기는 교회에 출석하게 되었습니다. 안 선생님은 지금도 변함없이 신실하게 교회를 잘 섬기고 있으며 하나님의 축복으로 가정의 모든 문제가 해결되고 자녀들도 하나님께서 축복하셨습니다. 오랫동안 저와 토요일 귀한 시간을 하나님께 드리는 새소식반을 하며 섬겼습니다.

한 선생님은 남편과 예수님을 믿었는데 부모님의 반대로 교회에 출석하지 않고 있었습니다. 한 선생님께도 열심히 복음을 전했습니다.

서너 달이 흐른 후 한 선생님도 남편도 다시 하나님께로 돌아오는 역사가 일어났습니다. 지금도 한 선생님과 남편은 섬기는 교회에 충성하며 든든한 기둥 역할을 하고 있습니다. 하나님의 자녀 된 우리 세 사람은 열심히 기도하며 즐겁게 학교생활을 하며 지냈습니다.

학년을 마치고 세 사람이 헤어질 때 두 분 선생님이 "부장선생님! 우리들은하나님의 상급입니다."라고 말씀 하셨습니다.

감사하게도 오랜 세월이 흐른 지금도 두 분 선생님은 언제나 저의 든든한 기도의 동역자가 되고 있습니다.

하나님 안에서 만나는 우리들은 언제나 행복한 주님의 자녀들입니다.

이렇게 좋은 만남을 주신 하나님께 지금도 감사하고 있습니다.

♥ 오라 우리가 여호와께로 돌아가자 여호와께서 우리를 찢으셨으나 도로 낫게 하실 것이요 우리를 치셨으나 싸매어 주실 것임이라   - (호세아 6장 1절)

피할 길을 주신 하나님

2019년 제 대신 핸들을 잡아 주신 주님께 감사드립니다. 언제나 저는 이후의 삶은 덤으로 사는 삶이라고 생각하며 살았는데 2021년 1월에 췌장, 5월엔 유방에 새로운 혹이 생긴 것이었습니다. 어머니가 췌장암으로 소천 하셨기에 췌장검사를 하기 위해서 서울에 있는 병원까지 갔습니다. 5월에는 유방암 영기라고 진단을 받고 혹과 주위의 살도 제거하는 수술을 하고 방사선 치료를 25번이나 받았습니다. 의사선생님은 조금만 늦었더라도 악성이 되었을 텐데 빨리 발견했기에 다행이라고 하셨습니다.

항암 약을 5년간 매일 먹고 6개월마다 검사도 해야 한다고 하셨습니다.

방사선 치료를 중간 쯤 받았을 때 머리끝부터 발끝까지 몸 전체에 붉은 점들이 생기며 몸이 가렵기 시작했습니다. 여러 곳의 피부과에도 가 보았지만 가려움증은 점점 심해져서 얼음주머니가 없으면 잠깐도 견딜 수가 없을 정도가 되었고 밤에 잠도 거의 잘 수 없었습니다. 가려워서 옷을 입을 수도 없어 외출은 생각할 수도 없었고 온종일 집에서 가려움증과 전쟁을 치러야 했습니다. 그런데 이러한 상황에도 걱정하지 않고 잘 견딜 수 있었던 것은 하나님께서 친구를 통해서 친구의 지인 중에 한 분이 이런 힘든 과정을 겪었다고 하면서 가려움증의

단계를 거의 매일 알려 주셨습니다. 아무것도 모른 채로 이런 일을 당했다면 길고도 긴 가려움증과의 싸움에서 저는 견디기가 너무 힘들어서 낙심하고 희망을 잃고 삶의 의욕마저도 잃었을 것입니다.

가려움증이 채 가라앉지도 않은 상태에서 방사선을 받은 유방과 뒷등에 작은 물집이 생기기 시작했습니다. 처음에는 방사선 치료 휴유증인가 하고 일주일을 견디다가 조금씩 아프기 시작해서 피부과에 가보니 대상포진이라고 했습니다. 의사선생님은 예방주사를 맞았기 때문에 병원에 입원을 하지 않고 통원 치료를 할 수 있다고 하시면서 3주간이나 치료를 받게 하셨습니다.

가려움증과 대상포진으로 인해 더운 여름날 몇 달 동안이나 목욕도 제대로 할 수가 없었고 정말 갑갑하고 답답한 날들이었지만 믿음의 친구들의 중보기도 때문에 인내하며 잘 견딜 수가 있었다고 생각합니다.

걱정하지 말라고 병의 단계도 알려 주시고 잘 먹어야 속히 쾌차 한다고 하나님께서 그릿 시냇가에 숨어 있는 엘리야에게 까마귀가 먹을 것을 날라 주게 하셨듯이 하나님께서는 옷을 입을 수도 없고 집에만 있어야 하는 제 형편을 아시고 폭우가 오나 햇볕이 쨍쨍 내리 쪼이나 여름방학 온통 심부장(사랑하는 심청이)을 통해 맛있는 음식을 공급하셨습니다.

"아! 추어탕이 먹고 싶다"라고 하면 조금 후에 반드시 심부장이 추어탕을 문에 걸어 두었다고 전화로 알려 왔습니다. 그리고 음식을 만들거나 맛있는 음식만 보면 저에게 갖다 주고 싶었고 기쁜 마음도 주셨다고 했습니다. 이 아픔에서 벗어난 그 날까지 심부장님을 통하여 맛있는 것들을 끝없이 공급해 주셨습니다.

이렇게 하나님께서는 피할 길을 주셨습니다. 마음의 평강도 주셨습니다.

악성이 되기 전에 발견케 하시고 방사선 휴유증인 가려움증도 단계를 알려 주시고 대상포진도 미리예방접종을 하게 하셨습니다.

육의 강건을 위해 맛있는 먹거리도 공급하셨습니다.

말로는 표현할 수 없는 가려움증과의 싸움에서 제 믿음을 돌아보게 되었습니다. '나는 어떤 사람인가? 이 땅에 살면서 하나님 나라를 위해 내가 생각하고 해야 할은 무엇인가? 앞으로 어떻게 살아야 하는가?' 등을 생각했습니다.

아픈 만큼 성숙해 진다는 말이 정말 맞았습니다. 지난날을 돌아보며 제 믿음을 한 번 더 점검 하는 돈 주고도 살 수 없는 좋은 연단의 날이었습니다.

길고 긴 더운 날, 힘들고 어려워 참을 수 없을 때마다 주님은 제게 말씀도 주셨습니다.

"내 영혼아 네가 어찌하여 낙심하며 어찌하여 내 속에서 불안해 하는가 너는 하나님께 소망을 두라 그가 나타나 도우심으로 말미암아 내가 여전히 찬송하리로다"(시편 42편 5절)

저의 영과 육을 지켜 주신 하나님께 감사드리며 참 좋으신 하나님께 찬양과 경배를 올려드립니다.

♥ 오직 나는 여호와를 우러러보며 나를 구원하시는 하나님을 바라보나니 나의 하나님이 나에게 귀를 기울이시리로다   — (미가서 7장 7절)

더 큰 비전을 향하여

2015년 2월 28일자로 40여년 넘게 다닌 학교를 퇴직했습니다. 긴 세월을 바람처럼 날아왔습니다. 천년이 하루 같고 하루가 천년 같다는 말씀이 생각납니다. 학교생활 40여년의 세월 중에서 26여년을 예수님을 섬기며 살았고 이렇게 간증문을 쓰고 있는 현재는 예수님을 믿으며 살아온 지 33년째 나이가 서른 후반에서 벌써 일흔을 넘어섰습니다. 되돌아보면 기쁘고 즐거울 때나 걱정과 근심으로 사로 잡혀 있을 때나 언제나 우리 하나님께서 함께 해 주셨습니다.

마른 막대기와 같은 성격에서 이제는 휘어질 줄도 아는 성질로도 변했습니다. 하나님께서 제게 주신 은혜 중에서 가장 큰 것은 남을 이해하는 마음과 어떤 상황에서도 형제자매를 미워하지 않는 마음입니다. 예수 믿기 전에는 남에게 조그만 말을 들어도 잠을 자지 못하고 밤을 새워가며 생각을 하고 또 했습니다. 그래서 이모들은 "경희가 앉은 자리에는 마른 풀도 나지 않을 거다."라고 말을 했습니다.

그렇게 대인관계에 익숙하지 못했던 저에게 하나님께서 주신 사명은 전도였습니다. 저는 예수님이 너무 좋아서 무조건 사랑의 하나님을 전하고 싶어서 처음에는 가족, 친구, 지인, 학교선생님, 학부모님, 학교의 아이들에 전도를 하였습니다. 하나님께서 담대함을 주셔서 길거리 전도를 하면서도 부끄러운 마음이 생기지

않았습니다. 강도 높은 전도 훈련도 받았습니다. 손편지로 복음을
전하다가 핸드폰이 나오고 나서부터는 핸드폰으로도 메시지
전도를 하며 날마다 그분들을 위해서 기도했습니다.

　열매가 없어서 실망 할 때마다 하나님께서는 제게 힘을 주십
니다. 하나님께서는 모든 사람을 사랑하시기에 모든 사람들이
천국백성이 되시기를 원하십니다. 하나님께서는 지금 죽어가는
사람들도 예수님 믿고 천국백성이 되기를 원하시는 분이십니다.

　사랑의 하나님이 주신 은혜를 믿음의 일대인 할머니가 자손
들에게 물려주려고 간증문을 쓰게 되었는데 하나님께서 "그 간
증문을 전도용으로 써라."하시며 마음의 감동을 주셨습니다.

　'전도용으로는 생각지도 못했는데 가족과 형제자매들에게
그리고 몇 명의 믿는 지인들에게만 주려고 했는데!'라는 생각이
들어 당황했습니다. 교정보는 것 그리고 여러 권의 책을 내려면
물질도 많이 든다고 했던 말도 생각났습니다. 전도용으로 쓰
라고 하나님께서 말씀하셨기에 밤에 잠을 설치며 '몇 권이나
인쇄를 해야 하나? 돈은 얼마나 들까?' 이런 저런 생각을 하며
잠도 설쳤습니다. 다음 날 아침 10시쯤에 같은 교회를 섬기는
보험업을 하시는 집사님께서 전화를 하셔서 저는 생각지도 못
하고 있었는데 제가 암보험 넣는 것 있다고 하시는 것이었습
니다. 몇 달 전 집사님께서 제가 가입해 있는 보험들을 살펴보
시고 조언을 해 주셨을 때는 말씀을 하지 않으셨는데 이번에는
제가 물어보지도 않았는데 전화를 하셔서 알려 주신 것이었습
니다.

건강검진에서 췌장에 혹이 생겼다는 진단을 받았다고 하니 집사님께서는 경계선 종양도 보험회사에서 보험금을 준다고 하셨습니다. 집사님과 저는 묻혀 갈 뻔 했던 물질을 받게 된 것이 모두 하나님의 은혜라고 생각했습니다.

그렇습니다. 저의 간증문을 책으로 내어 전도하라고 하신 하나님께서 책을 만들 수 있는 비용도 책임져 주신 것입니다.

할렐루야! 저의 작은 신음에도 응답하시는 하나님을 찬양합니다. 저의 간증문을 읽고 많은 믿지 않는 분들이 하나님께 돌아오기를 간절히 기도합니다.

'하나님! 이 간증문을 읽는 분들마다 첫 장부터 끝장까지 빠짐없이 읽어서 살아계신 하나님을 만날 수 있게 하옵소서. 그래서 자신이 예수 믿고 가족이 예수 믿고 형제자매가 예수 믿고 친척이 예수 믿고 친구와 지인이 예수 믿고 회사 동료가 예수 믿는 축복을 내려 주시옵소서'라고 전도 메시지를 보내는 분들의 이름을 부르며 새벽마다 기도하고 있습니다. 많은 사람들을 옳은 데로 돌아오게 한 자는 별과 같이 영원토록 빛나리라고 말씀하셨습니다.

그리고 이 간증집을 통하여 선교의 비전도 주셨습니다. 열방을 향하신 하나님의 선교명령이 이 작은 간증집을 통해서도 많은 열매가 맺히기를 간절히 기도합니다. 그리고 간증집을 내기까지 도와 주신 조카딸 유경이, 심부장님, 친구 계숙, 친구 영애,

정집사님께 하나님의 한없는 은혜와 사랑이 함께 하시기를 간절히 기도합니다.

♥ 사람이 마땅히 우리를 그리스도의 일꾼이요 하나님의 비밀을 맡은 자로여 길지어다 그리고 맡은 자들에게 구할 것은 충성이니라
— (고린도전서 4장 12절)

하나님과 함께 걷는 길

마음

푸른 하늘에
반짝이는 햇빛에

내 마음을
비추어 보네
주님은 요만치 계신데
나는 저만치 있네

내 마음 나도 몰라
사랑의 주님 만 바라보네

낙엽을 밟으며

낙엽을 밟으며
가는 길은

생각의 길
나를 돌아보는 길

하늘 어디메쯤에서

포근한 주님의
사랑의 음성이

또 하루를 살아가는
힘을 주네

하나님 하나님 나의 하나님

하나님! 가지 끝에 달려 파르라니 떨고 있는 까치밥, 빠알간 감 하나에서도 당신의 사랑을 봅니다. 여리도록 맑고 비둘기 날개 짓 마냥 정겹기만 한 당신의 사랑이기에 가슴 가득가득 행복합니다. 그 행복으로 사랑꽃을 피웁니다. 당신을 향한 또 다른 사랑의 꽃들을 피울 것입니다.

하나님! 당신의 그 햇솜 같고 꺼지지 않는 불꽃같은 사랑과 만났을 때 온 마음과 몸은 당신을 향해 활화산처럼 타올랐습니다. 눈물은 마음의 내를 이루고 그 마음의 내에 배를 띄웠을 때 세상의 빛 되신 하나님 당신의 사랑을 알았습니다.

이제는 폭포수 같이 쏟아지는 세상의 시련 속에서도 헤아릴 수 없는 어려움 속에서도 거칠다 못해 휩쓸어 버리는 인생의 냉냉함 속에서도 바라볼 수 있는 당신이 계시기에 행복을 가득 안고 이렇게 두 손 모아 기도합니다.

나의 하나님! 이 무한한 기쁨은 어디서 오는 것일까요? 이 끝 닿을 곳 없는 그리움의 날개 짓은 누구를 향한 것일까요? 사랑은 창공 저 푸른 끝에서 손짓하고 나는 그 사랑을 붙들기 위해 한껏 비상하렵니다. 당신의 모습 보이지 않으셔도 당신의 목소리들리지 않아도 나는 당신을 압니다. 무릇 호흡이 있건 없건 모든 것에게 당신은 사랑으로 오시기 때문입니다.

저를 저이게 하소서. 우리가 진토임을 기억하심이로다. 인생은 그 날이 풀과 같으며 그 영화가 들의 꽃과 같도다. 그것은 바람이 지나면 없어지나니 그 있던 자리도 다시 알지 못하거니와… 만유의 주재 되시는 하나님 아버지! 십자가 보혈의 공로를 가슴 뜨거움에 담고 하나님의 전신갑주로 단장하여 길을 가렵니다. 이 길이 언제 끝날 런지는 알 수 없으나 주님께서는 아십니다.

주님! 가는 길 걸음걸음 빛 되시어 비춰 주소서. 할렐루야!

♥ 인생은 그 날이 풀과 같으며 그 영화가 들의 꽃과 같도다. 그것은 바람이 지나면 없어지나니 그 곳을 다시 알지 못하거니와

— (시편 103편 15, 16절)